天才捕手

捕捉最带劲儿的亲身经历

我在非洲当医生

白色记事簿4

医生 谢无界 著

天津出版传媒集团
天津科技翻译出版有限公司

自　序

2020年初，我作为青海省第20批援布隆迪医疗队的一员，远赴8000多千米外的布隆迪，开展为期1年的医疗援助任务，因故援助任务延长了7个月。

就已知疾病的风险，我做了最坏的打算，如果死在疫情肆虐的非洲大陆上怎么办?

因为情况特殊，遗体是无法运回国的，能选的路只有两条：一条是择一佳地埋在布隆迪，另一条是放到轮胎或铁桶里烧成灰带回国，因为布隆迪没有火葬的习俗。

基于丰富的想象力，我甚至看到女儿抱着我的遗像不停地哭。为此我查遍了所有能找到的资料，妄图说服自己。

不要命的自行车手、草原上奔跑的动物、超生的家庭、泥泞的道路、超乎想象的贫穷、期待帮助的眼神……这些关于非洲的印象，完全来自国外的非洲纪录片。

这片大陆拥有最多最贫穷的国家，这是我去援非前在百度上能搜到的关于非洲最多的信息。

“吃饭靠上树、穿衣一块布、说话不算数、发展靠援助”，这是此前我所“认识”的非洲。验证非洲到底是不是真的这么差，逐渐变成了此行的一个重要目的。

非洲真的有这么差吗？我到布隆迪的第1周，就在菜市场见到了本地的特产——“私刑”。

小偷双手被牢牢地绑在胸前，腋下穿过一根碗口粗的树干。这种树干我见过，是市场的搬运工用来搬运牛羊的。

这么做并不是为了防止他逃跑，而是方便他左右的壮汉将其架起，因为没有任何一个小偷有独自完成这趟赎罪之旅的能力。

鲜血顺着被打裂的眼角流下来，肿胀的眼睑使双眼无法睁开，口水夹杂着血水不断地从口中流出，口中呜呜咽咽地不知在说着什么，上衣被扯得破破烂烂，几乎搭在身上。

但就是这仅存的半条命，还是换不来一丁点儿的宽恕，无论是扯耳朵还是上勾拳，只要有人需要，这个“人肉沙包”便会停下来供人消遣。

让我感到最不可思议的是，一个约5岁的男孩，也加入了审判的队伍。男孩冲到小偷旁边又撕又打，笨拙的样子惹得周围的人大笑。

小偷身边的壮汉也贴心地让小偷跪下，方便男孩去击打小偷的脸，当然男孩的每一次出拳，都会得到周围人的欢呼。

我拉住了一个因刚施暴完而异常兴奋的年轻人，问他这个小偷偷了什么，或者他到底做了什么。

年轻人摇了摇头，然后又冲上去补了一脚。那一瞬间我突然明白了，这个人是不是真的小偷又或是干了什么并不重要，久贫的人只是需要一个发泄口罢了。

临近大选，恐怖袭击接二连三地出现，反政府武装为了找一个军人，就可以屠杀三车无辜的人。

他们甚至在人最多的市场、客运站投掷手雷，很多人没来得及救治，就死在了路上。医院此时已不再是医院，而是停尸房，我们也从医生变成了入殓师。

除了不安全，其他方面会好一些吗？在布隆迪看病是件很奢侈的事情，很多人都是拖到不行才来看病，而中国医生则是他们的最后一道防线。

我曾给候诊区一个一直在哭的孩子开了一个奇怪的处方——一包糖。因为癌痛，这个孩子只能顶着已经变形的脸，发出痛苦的哭声，而我只能让苦了一辈子的孩子，在走之前尝一点儿甜头。

这里很穷，穷到没有心电仪器，只能靠听诊器来判断病人是否活着。有时正做着手术，听诊器中的心跳声就消失了，我第一次知道，原来人穷到一定程度，他们的死是被

“听到”的。

这里还有专门和我作对、割掉悬雍垂造成出血的巫医，到点就下班的医务人员，乌七八糟的诊疗环境，甚至“专门制造病人”的医疗机构。

人出生为什么要哭？因为一辈子很苦。这一观点在非洲大陆被展现得淋漓尽致。

但有个孩子亲口告诉我：我并不需要你的帮助，而我的国家和人民需要你的帮助……

一刹那，这个地方又让我感到熟悉，准确地说是一些人的奋不顾身让我感到熟悉。我们的国家也曾经历过贫穷与苦难，在布隆迪这个复杂而危险的地方，我似乎看到了曾经面对相同境遇的我们，那些落后的习俗和观念是相通的，也有想要走出来、活得更好的人。

即使每天都要面对疾病的侵袭和恐怖分子的无差别袭击，这里仍然有很多人在试图通过自己的努力，摆脱眼前的困境：

有身在沟渠也不放弃教导孩子该如何仰望星空的父亲；

有放弃自己的家人也要拯救更多病人的医生；

有第一个打破沉默、揭开医疗骗局的16岁男孩……

真正让我决定动笔写下这段援非经历的，是那位教导孩子仰望星空的父亲——布朗先生。布朗先生后来死于一场恐怖袭击。我无法挽救一位伟大父亲的逝去，但我希望他的孩子知道，希望更多的人知道，非洲不只有懒惰的人和无休止的战乱，还有这样伟大的父亲，还有这样一群勇敢的人，正在通过努力去摆脱困境。

这本书我写了一年多，终于得偿所愿。

2023 年 7 月，我第二次作为援非医疗队的一员，回到了布隆迪，希望可以继续记录一下真实的非洲，记录中国医生能为这个世界做出的一点儿贡献。

目　录

父亲的礼物

有一段时间，我很怕接到女儿的电话。

女儿刚刚 3 岁，说话还不太顺畅，电话信号断断续续的，她总是反复地问一句话："爸爸什么时候回来？"

我不知道怎么回答这个问题。

不久前，医院院长对我说："国家有个任务要交给你。"我一下子就懵了。

现在，作为援外医疗团队的一员，我和 22 名中国医生一起，在世界上最贫穷的国家之一。我不知道什么时候能回去，因为每天回国的航班都在取消。

留在这里，我不仅要面对最恶劣的医疗环境，还要面对疟疾、新型冠状病毒和恐怖袭击。

布隆迪距离青海有 8000 多千米、6 个小时时差，飞机全程 17.5 小时。这 3 个数字，一直刻在我的脑子里。

在医院通知我去援非之前，我只在视频软件上刷到过几次布隆迪。

大部分视频都是这么介绍这个非洲国家的：全世界最穷的国家、世界幸福指数倒数第二的国家、联合国都不愿管的国家……

视频里闪过几个骨瘦如柴的黑人，甚至是《动物世界》的剪辑画面。

到了医院以后，我才知道“穷”这件事有多具体。

尽管我所在的基特加是布隆迪的政治首都，医院承担着这个政治首都及周边大量村落的医疗服务，但这里只有 30 位医生及 34 位护士，根本没有耳鼻喉科专科医生。

我必须一个人承担门诊、急诊、查房的工作，常常是 24 小时待命，一天要接诊 40 个病人。

而且我和他们的语言也完全不通。大部分布隆迪人说的是当地语言，一些基本的病情询问都需要我将中文翻译成法语，再找护士翻译成当地语言，才能和当地人对上话。

大部分时间，我只能把他们当成病人。相反的是，布隆迪人对我们非常热情。

每次街上遇到，他们都会竖起大拇指打招呼：“萨瓦、萨瓦（你好）！”“谁努瓦、谁努瓦（中国人）！”甚至有的人骑着自行车也会撒开车把向你转过来，露出一个大大的笑脸。

在医院里，他们也是我见过最听话的病人，有时本地护士做事比较怠惰，在前台趴着玩手机，他们也静静地坐在长廊上等着。

后来我才知道，这是因为他们不敢得罪医生。

就布隆迪居民的收入而言，看病非常昂贵，尤其是专门来大医院找中国医生，长途跋涉来一次医院几乎能花掉他们所有的积蓄。

他们会无比珍惜这唯一的机会，打扮得非常体面，并带上自己所有的家当，比如收音机。走 70 千米，就为了看一次病。

布隆迪对 5 岁以下的幼儿实施免费医疗，至于大人，无论男女，没有钱治，就只能忍着。

所以基特加省医院最常见的是一个女人带着全部家当，千里迢迢来到医院，只为了给她最小的孩子一次治病机会。

而她的男人，正在更危险的地方工作，为她支付这一次路费。有时我会想，这些父亲就像我一样，不能陪伴在自己孩子的身边。

在这个背景下，布朗先生的出现显得很特别。

他的第一次出现，是用中文和我打招呼的。听到那句“你好”时，我吓了一跳。

不少来看病的病人会学一句“你好”，想要对中国医生表现得更礼貌一点儿，但大部分学得不伦不类，像布朗先生这么地道的我还是第一次听见。

他的样貌也让人印象深刻：他身材高大结实，五官立体，欧式双眼皮，甚至有点像某个迪士尼王子。

他穿着配套的西服、反光的皮鞋，整个人体面得有些拘谨。

我招呼他过来坐下。他没有动，只是焦急地用当地方言和黑人护士说了几句话。

翻译告诉我，这位布朗先生是带他女儿来看病的，想问中国医生能不能允许她先进来，因为她的情况很紧急，其他病人也都同意了。

这里很少见到父亲陪孩子来看病的，我更好奇了，点点头表示同意。

布朗先生激动地用法语连声说着谢谢，倒退着出了诊室，不一会儿，将一个还在啜泣的穿着碎花连衣裙的小女孩抱了进来。

布朗先生告诉我们，这是他的小女儿，今年 3 岁。

两天前，孩子玩耍时将一颗豆子放进了右耳，当时大人都没有发现，后来才注意到孩子哭闹时总抓右耳。

布朗先生已经跑了好几家医院，在其他医院用水冲过，也用耵聍钩取过，但都没有成功，而且在取的过程中耳道有些出血。

其他医院的医生建议他来找中国医生，他才专门跑到了基特加省医院。

我戴上头灯看了下孩子的右耳，可以隐约看到白色异物嵌在外耳道里，位置很深，耳道已经充血肿了起来。

可能是因为有血液浸泡，又加上前面的医生用水冲过，豆子已经被泡大了，严严实实地卡在耳道里。

类似的状况我们在布隆迪见得太多了，病人病情都很重，但大多都是轻病拖成重病的。他们只有在最严重的情况下，才会跑来找中国医生，寄希望于我们能“化腐朽为神奇”。

援非之前，医疗队的老师也总跟我说：“我们来非洲是要改进他们的医疗技术的，就要治别人不能治的病”。

我试着碰了一下孩子的耳朵，她吓得撕心裂肺地哭喊起来，拼命挣扎。这种情况下我完全不敢动手取豆子，必须得上麻药。但基特加省医院根本没法给孩子打全麻。明明是非常简单的手术，我只能建议布朗先生去更大的医院。

翻译把我的建议转告给了布朗先生。布朗先生右手抱着孩子，左手抓着一顶很旧的牛仔帽子扣在胸前，越攥越紧，帽子的边缘已经被他抓得卷了起来。

他犹豫片刻，低头吻了吻自己的女儿，又跟护士说，他希望中国大夫能再给孩子一个机会，他所有的钱都用来给女儿看病了，甚至已经没有足够的钱坐车回家了，更别说去其他医院了。

我没有看布朗先生的眼睛，但我知道他大概正在看着我，并且希望我能以坚定的目光回复他。可我只是沉默着。护士等了一会儿，见我没有回答，遗憾地向布朗先生摇了摇头。

听到布朗先生衣服摩擦的声音，我终于鼓足勇气抬起头看他。他微微弯下腰向我、护士和翻译鞠了一躬，用法语轻轻地说了声“谢谢”。

布朗先生将捏得皱皱巴巴的帽子戴在了女儿的头上，深深地吸了一口气，准备出诊室门。他的女儿还在啜泣，他自己的眼睛也已经红了。

我想起出发来非洲前，我 3 岁的女儿也是这样号啕大哭。

我可以和妻子、父母用很多方式解释自己离开的意义，却没办法跟女儿讲道理。

她只知道爸爸要走了，就拉着我哭，哭着哭着，我原本已经压抑的难受又涌上心头，忍不住也掉了眼泪。

在布隆迪，每天午休的时间是国内七八点钟吃完晚饭的时间，只有在这时候打电话回去，女儿才有可能没睡，能和她聊上几句。

我试着给女儿看非洲的花花草草，举着手机“烧”着话费，刚走到门口，信号又断了，再接上，女儿已经开始哭了。

有时候碰上中午有手术，手术结束已经是国内的午夜，女儿早就睡着了。还有时一周甚至时间更长，无法与女儿通话。

再后来，女儿开始在电话里走神，说两句就烦了，想走开去玩点儿什么。父母和妻子在电话那头苦口婆心地骗女儿回来跟我说说话，听起来特别心酸。

我开始逃避跟家人打电话，不想面对自己已经不是女儿最好玩伴的事实。同为人父，我太清楚一个父亲不想伤害女儿的心情了。

“阿当（先生）！”我叫住了布朗先生。

趁着自己没有后悔，我赶紧把手术的危险一股脑地告诉了布朗先生：“如果没有全麻，孩子在取出异物的过程中很可能乱动。异物离鼓膜非常近，一旦碰到鼓膜，会给孩子的听力带来不可逆的损伤。”

我甚至把孩子的一生都算了进去，我说：“孩子还这么小，一旦听力受损，以后学习甚至智力发育都可能跟不上，这次的操作会给孩子这一生带来不可估量的伤害。”

“不是我给孩子一次机会，如果非要说的话，是希望孩子能给我一次尝试的机会。”

在基特加省医院的耳鼻喉小儿急诊科，最常做的手术之一就是取出异物，即便如此，诊室里连一把用于取出异物的耵聍钩都找不出来。

幸好，我已经熟练掌握了自制耵聍钩的方法：5毫升注射器的针尖稍稍磨钝，再将磨钝的针尖距前端约3毫米处掰弯成一个弧度。

专业的耵聍钩有多种角度，针尖基本是直角的，但注射器的针尖掰到直角就很容易断，多次实验后，我基本确认钝角的角度是可以用的。

除了耵聍钩，该有的体检、麻药、射灯只能省去了。原本该用酒精给泡大的豆子脱水的，但我怕孩子更疼，也一并省去了。

我在门诊室里摆了几个凳子，嘱咐护士、翻译和布朗先生一起上阵，把孩子“五花大绑”起来。

虽然听不懂中文，但我一摆手势，护士就主动按住了孩子的双手。我心想是不是这种“人工麻药”之前的中国医生没少做，连护士都被训练出来了。

布朗先生用肩膀撑住女儿的头颈。为了让女儿更好受力，他微微侧着身子，没有将背部完全倚在靠背上，只用左侧肩膀靠在椅子的一侧。

这个动作是非常难受的，豆大的汗珠瞬间顺着布朗先生的脸颊流下来了。

布朗先生可能是怕女儿痛，本该夹住女儿的双腿一直不用力，小女孩像条鱼一样一直往外蹦。我拍了下布朗先生的腿，他才恍然大悟，慢慢加大了力度。

孩子越来越紧张，啜泣声变成了撕心裂肺的哭喊，兼带着大喊“妈妈”。

我在心中默念着“下手要轻、下手要轻”，只有这一次机会，豆子一旦滑进去，孩子的未来就毁了。

稳了下心神，我将耵聍钩伸进了耳道。操作开始的一瞬间，我能清楚地听到布朗先生屏住了呼吸，同时不忍心地把头扭开了。

昏暗的灯光照在孩子的耳朵上，可以看见耳郭周围的血痂。我将孩子的耳垂微微向下拉扯，方便看见豆子的位置。就因为这个细微的动作，女孩的哭喊声更大了。

顾不得考虑孩子和布朗先生的想法，我被眼前巨大的豆子难住了。前几位医生的不当操作导致豆子严重泡发，目前耳道根本没有一丝空隙，我不可能把耵聍钩伸到豆子后面再往外钩，只能想办法破坏豆子。

耵聍钩向着豆子的中段扎下去，自制的耵聍钩在这时倒是比正儿八经的耵聍钩更好用——好歹它曾经是个注射器，比钩子更尖、更锋利。

慢慢地，我将耵聍钩尖端扎进了豆子的中段，虽然用了很小的力气，但豆子还是被微微推了一下。

孩子哭得更厉害了，甚至有些背过气去，布朗先生的呼吸声也随着女儿的哭声越来越急促。

我再次深呼吸，开始尝试把豆子往外钩。

好像听见很小很小的“咔嗒”声，豆子脱钩了。孩子脑袋晃了一下，耵聍钩的钝面撞在她水肿的外耳道上，瞬间擦伤了黏膜，流出一丝鲜红的血液，慢慢流向豆子。

我的汗也渗过手术帽，滴到自己的眼睛上。我想放弃了。

布朗先生没有动，仍然闭着眼睛把头扭向一边。女孩一直在哭，小脸都有点哭白了。他们都没有要放弃的意思。

他们又给了我一次机会。

我再次深呼吸，将耵聍钩的尖端水平向右扎入豆子。靠着耳道壁的支撑，这次耵聍钩扎得比第一次要牢得多。

我慢慢地尝试钩出异物，豆子终于肉眼可见地开始移动。

一口气憋了四五分钟，豆子终于被提到了接近外耳郭的地方，落在了我的手心里。我再次检查了孩子的耳道，没有残留物，没有伤害鼓膜。我深深地呼了一口气。

另外三个人都没有反应过来，还在严阵以待地控制着孩子。我拍了拍布朗先生，给他看手中的豆子。

他愣了一下，马上转过头深深地吻了一下女儿的后脑勺，然后不住地对我说谢谢。

看着我掌心的豆子，布朗先生突然掏出了一块雪白的手帕，他要把豆子包起来。我很好奇，请翻译问他为什么要留下这颗豆子。

布朗先生说，除了这个女儿，他还有两个儿子和两个女儿，他想把这颗豆子带回去，让他们也从这件事中吸取教训。

说着他把帽子按在胸前，彬彬有礼地向我们鞠了一躬，起身准备去缴费。

我跟布朗先生说，这只是个小操作，也没有损耗器械，不用交钱了。布朗先生听懂翻译后一下皱起了眉头，很严肃地拒绝了我。

他固执的神情让我不敢再问了。我几乎能想象，他回家面对自己的五个孩子，也是这么严肃的样子，就像我女儿因捣蛋受伤后我板起脸跟她讲道理那样。

我有些好奇布朗先生教育出的另外四个孩子是什么样的，但我预想自己应该很难见到他们，也不希望我们会再见。

但后来在天气稍凉的旱季，我又一次听到了布朗先生那句标准的“你好吗？医生”。

布朗先生还是穿着上次的那身西装。我看着他眨了眨眼，用当地话说“Ingo（进来）”。这是我和护士新学的，布朗先生听了一愣，面带微笑地向我竖起了大拇指。

这次跟着他来的是个男孩，看起来和他差不多高，捂着鼻子，龇牙咧嘴的。布朗先生用本地语介绍说，这是他的大儿子莫查，撞伤了鼻子。

还能见到他我有些惊喜，幸好男孩伤得不是很重，我还有心情开玩笑地用拳头在自己的鼻子上挥了挥，问他是不是打架了。

没等布朗先生开口，莫查用熟练的英语对我说："你好，医生，鼻子上的伤不是打架造成的，是我自己弄的。"

布隆迪很少有人说英语，莫查的英语让我眼前一亮。

他很有礼貌地自我介绍说，自己是一名鼓手，因为"操作不当"弄伤了鼻子。

我对鼓手的印象还停留在礼乐队里戴着带穗礼帽的鼓手，我直起身学着那个样子敲了两下，问莫查是不是这样。

他先是点了点头，又摇了摇头。莫查见我更加迷惑了，把手从鼻子上拿下来，作势要给我展示。

莫查把椅子移开，腾出了一片空地，简单活动了一下四肢关节。好像是某个瞬间，他的眼神突然变得像鹰一样锐利且坚定，然后人像豹子一样跳了起来。

这种跳跃有点儿像三级跳远的最后一跳，修长的身体在跳起来前倾的同时屈髋伸膝，整个人像即将合起来的书本那样最大限度地弯折，用手碰触自己的脚尖。

落地后，他又快速地向后撤步，回到原点，然后再次跳起，总共跳了三次。

跳完以后，莫查握住了他的“鼓”。他双膝微曲夹住鼓身，胳膊高高抬起，看起来鼓面至少到了他的腰部。

隐形的鼓槌时而跃于鼓面、时而敲击鼓的侧面，随着手指上下翻飞。莫查脚下也没有闲着，围着虚拟的鼓转了一圈又一圈。我好像真的听到了热烈又神秘的鼓声。

后来我才知道，莫查表演的是布隆迪的“大鼓舞[1]”，是最古老的舞蹈之一。因为地处非洲中部，国土像一颗心脏，布隆迪被誉为“非洲之心”，布隆迪大鼓舞开始前的那三个跳跃，就被称作“非洲心跳”。

后来，我专门去市场找了布隆迪大鼓。这种鼓有大有小，最高的差不多到我的腰部，小的也有小臂那么长。

鼓身由一整段木头挖空制成，鼓面是一整张生牛皮，甚至可以摸到上面的毛，牛皮没有用铆钉而是用几个突出的木棍绷紧，看起来特别原始。

1　在布隆迪王国时代，鼓是王朝的象征，大鼓舞是宫廷专属的舞蹈，多用于鼓舞士气、庆祝胜利或欢庆节日。
在2014年11月27日的联合国教科文组织大会上，布隆迪大鼓舞正式列入联合国人类非物质文化遗产名录。

鼓槌与鼓身很配套，歪歪扭扭的，有的甚至长短都不一样，但敲击声洪亮、稳重。

老板告诉我，在布隆迪王国时代，鼓是王朝的象征，大鼓舞是宫廷专属的舞蹈，凡是重大节庆或迎宾活动，都要表演大鼓舞。年轻男子穿着白袍站成半圆，围绕大鼓奔腾跳跃，场面特别壮观。

此时莫查面前虽然只有我们几个人，但他表演的热情丝毫不减，一只手敲鼓，一只手抛着鼓槌，舞步活泼热烈，好像一头小狮子。

直到他突然松开手捂住了鼻子——那只隐形的鼓槌敲断了他的鼻骨。他无奈地停下来，用英语对我说："就是这样受的伤。"

我愣了片刻，终于想起来鼓掌。还不忘打趣他：接下来可能要有些酸、有些疼了。

他受伤的情况比较明显，右侧鼻骨下陷，一按就痛，伴随着肿胀，显然是右侧鼻骨被击打而骨折了。

我需要给他进行鼻骨复位，否则骨头就会长歪，影响呼吸。像大鼓舞那种跳跃动作多、呼吸要求大的运动，可能会有影响。

莫查听了我的话，沉默了。

布朗先生坐在门外，不住地往里看。我和莫查说的是英语，他一句都听不懂，可能是注意到莫查情绪低落，有些着急。

莫查低着头，双手在运动裤上擦来擦去，半天才小声地问我：“医生，能不做手术吗？”

他说他爸爸布朗先生已经失业半年了，妈妈也生病好久了，每天都要吃药。家里没什么积蓄了，今天带的钱也不多，他不想花家里的钱。

莫查越说声音越小，和刚才那个昂扬振奋的小鼓手完全不一样了。

鼻骨复位只是个小手术，但是他大概听到“手术”这个词就害怕了。在布隆迪，一个普通的全麻手术的花费约等于普通人三个月的所有收入，他不想花家里的钱。

我又想起布朗先生带回去的那颗豆子，如我所料，他真的在贫困的条件下把自己的孩子教得很好，既厉害又懂事。

我想尽可能地消除莫查的顾虑，想方设法简化这个手术。我告诉他，我们可以不去手术室，他不用付额外的器械和人工费用；他也不用付麻药的钱，就用之前病人剩下的麻药，但可能剂量不够，需要他忍一忍。

莫查眼里泪光闪闪，一边向我鞠躬，一边不停地说谢谢。

我又在诊室里开始自制“鼻骨复位器”，找了一把直钳，缠上胶布就算做成了。

上一位病人剩下的麻药很少，我估算了一下，只够做个浸润麻醉，也就是防止莫查打喷嚏影响手术，基本不能止痛。

我向莫查说明了这个情况，并且向他强调，这相当于把骨折一瞬间的疼痛延长到手术的好几分钟。

莫查虽然点了头，但毕竟还是个孩子，看着我和护士在他身边准备，他的呼吸越来越急促，双手在裤兜内反复摩挲，以致裤腿都被提起来一截。

我用英语问他，需要布朗先生过来陪他吗？莫查没有说话，只是微微点了点头。

一旁的布朗先生明明听不懂英语，但好像心有灵犀一样，一个箭步便跨到莫查的身边，将手搭在了儿子的肩膀上。莫查也把手从兜里拿出来，紧紧握住父亲的手。

我把自制的鼻骨复位器伸进他的鼻子，一手捏住鼻梁，一手把内凹的鼻骨向外推。随着清晰的“咔”的一声，莫查痛得往后一缩。

我没有阻止他，示意护士递给他一面镜子，鼻骨接上了，但我怕接得不够好看，想让他再检查检查。

布朗先生得知手术完成了，立马蹲下身端详莫查的脸，还试图用手去摸孩子的鼻子。我赶紧抓住他的手，让莫查告诉他这可能会造成二次伤害，布朗先生吓得连声说："对不起。"

抓着布朗先生的手，我才发现他手背上有莫查的指甲印，最清晰处甚至可以看到略微出血的痕迹。

布朗先生完全没表现出疼痛，莫查却似乎有点不好意思了，催父亲先去缴费，自己配合我们做完后续填塞纱条的工作，然后默默地走出去坐在了墙边，似乎怕打扰其他科室要看病的人。

我还是很担心他会不会太疼，趁着护士收拾诊室的时间，跟过去问他怎么样了。莫查只是摇摇头，并不喊疼。

我想让他多说几句话，又问他学鼓累吗。这本该是他最感兴趣的话题，他仍然只是摇头，不吭声。

留意到布朗先生去缴费了，我顺口跟莫查感叹了一句："你父亲很厉害啊，能教出你这么好的儿子，英语很好，而且很懂事。"

莫查认真地看着我，这回他开口了，他忍着疼说："我父亲是很严格的人。"

莫查说，有一天布朗先生在广播里听说英语是门很重要的语言，就开始要求他学英语。

布朗先生认定的事情是没办法改变的，虽然莫查至今都没有发现学英语有多大用处，但被布朗先生鼓励和逼迫着，也只能学。

我以为莫查对布朗先生逼迫自己会感到不满意，忍不住帮布朗先生说话，说他父亲其实是帮他打开了一扇门。

莫查笑了："我没有责怪父亲的意思，相反，我真的很感谢他，是他支持我上大学，让我学了圣鼓。"

莫查说，他知道父亲也很辛苦、很努力，自从妈妈病了，生活的重担就全落在了父亲的身上。父亲以前很喜欢喝酒，但是上次因为喝酒丢了工作以后，他就再也没有喝过一口酒。

"父亲总说，五个子女是老天送给他的礼物，他要尽全力去呵护这份礼物。"

说着，布朗先生回来了，手里紧紧拿着护士开的生理盐水。

我教莫查把生理盐水点进鼻腔，并且叮嘱他两天后过来取出鼻腔填塞物。莫查犹豫了一下，没有把这句话翻译给布朗先生，反而跟我说能不能自己取。

他不想布朗先生为了陪他看病再花路费，而且还要上夜班补班，那样很危险。

只是一天的工资，对这个家庭来说却无比重要。我不忍心再拒绝莫查，默许了他不把这句医嘱翻译给布朗先生。

布朗先生以为手术已经成功完成，连声跟我说谢谢，并邀请我去莫查的学校看他的大鼓舞表演训练。我满口答应他，就像认识很久的朋友一样。

基特加省大学是布隆迪相当好的大学，我很惊讶布朗先生一个人养着五个孩子和生病的妻子，还能供莫查上这么好的大学。

同时，我也忍不住期待，等莫查大学毕业，这家人的生活应该很快就能好起来了。

我突然特别庆幸自己来了非洲，我会做耵聍钩，会做鼻骨复位器，只要布朗先生来，不管大病小灾，我都愿意尽最大的努力、用最低的成本去治疗，我也想给他们的家庭保驾护航，就像保护我自己的家庭一样。

但我没想到，这个愿望这么难实现。

那天，布隆迪的旱季刚刚结束，有辆急诊车冲进了驻地，说有紧急手术需要我过去。

平时我们都是坐大巴从驻地去医院上班，只有出现急诊，急诊车才会专门来驻地接我们。

说是急诊车，其实车上没有任何生命维持设备，护士也没有紧张的神情，只是平静地告诉我，有一名“双侧上颌部火器贯通伤”的病人需要中国医生的帮助。

我跟翻译确认了一遍，她的意思是，有人的下颌被枪打穿了。

我瞬间紧张起来，谁能想到一个普普通通的耳鼻喉科大夫有一天要治枪伤。我临时抱佛脚，给队长打电话求助，队长嘱咐我要伤口探查、检测生命体征，准备好切开气管。

一下急诊车，我戴上两只手套就直接往急诊室冲，抓着护士问："枪伤的病人在哪儿？"

护士冲我摇了摇手，又把我向外推了推。

我以为她没听懂，同时又有一丝不祥的预感爬上心头，忍不住吼起来："枪伤的病人在哪儿？"

急诊室里所有人都转了过来，推我的护士也吓了一跳，怯怯地指了指最里面的那张床。

虽然这张床被放在黑暗中，虽然躺着的人下半张脸完全被血迹覆盖，虽然很久未见，但我还是一眼就认出来了，他是布朗先生。那个坚强的父亲此时此刻正躺在我的正前方。

没有滴滴作响的监护仪声，没有忙碌抢救的医生、护士，没有围在周边哭泣并焦急询问的莫查、小女儿和其他家人，有的只是小半袋还未输完的血仍在一滴一滴缓慢地输注。

他的瞳孔已经放大了。我不知所措。

急诊护士告诉我，布朗先生是一名被雇佣的小巴司机，他和一车乘客在回基特加的路上遇到了恐怖分子设立的路障。布朗先生放缓行车的同时，路障后跳出了抢劫的恐怖组织人员。布朗先生没有停下车，反而加速撞了过去，夺路而逃。

我不知道他那一刻是怎么想的。对一个贫苦的司机来说，停车任人抢劫本该比跟武装恐怖分子作对要好，但也许他是不想让车上的乘客受伤。前不久，在基特加附近的路上就发生了类似的事件，那一次前后三辆车上的人都被机枪扫射而死，车也被烧了。

也许布朗先生是太害怕这辆来之不易的小巴车被歹徒抢走，他刚找到工作不久。

也许就像莫查所说的那样，他的父亲是很伟大的，他不只思念自己的孩子，也知道车上其他人会思念家人，所以他一个人勇敢地踩下了油门。

恐怖分子持枪追击布朗先生的小巴，但布朗先生车技很好，车上所有人都幸免于难，除了他。

子弹击中了他的下颌，布朗先生拖着中弹的身躯在山路上开了 50 分钟，来到了中国医生所援助的医院。

或许他是记得我在这里。但我来迟了，布朗先生被抬进急诊室后约 5 分钟就去世了。我甚至没有见到他最后一面。

我想在诊室等布朗先生的家人来，我想看看他的五个孩子，可是被告知他们的家离基特加省医院很远，我必须尽快回到门诊，不能一直在这里耽误时间。

我给布朗先生合上了双眼，然后匆匆地离开了急诊室。等我再回去的时候，布朗先生已经不在那里了。

我不敢去基特加省大学找莫查，我怕真的得知他因为父亲的去世被迫退学，这一条刚出现曙光的长路就这样中断。

下午，结束工作后，明知道国内是半夜，我还是忍不住打了个电话给家里。家里只有我的妻子醒着，还在熬夜录病历。

我断断续续地把布朗先生的故事讲给了她。我讲这个父亲和他的子女，讲他怎样努力地把孩子们举出泥潭。

最后，我很不解地说："不明白布朗先生为什么要和歹徒硬碰硬，他是不是太看轻自己的生命了？他难道没想过自己的妻子和孩子？"

隔着8000多千米，电话那头的青海一片静谧。妻子说："在这样一个国家，他也没有办法。"

那天，我的女儿已经睡熟了，我没有叫醒她。

我暂时不打算告诉她布朗先生的故事，她还无法理解这些。

但我会一直记得布朗先生，是他让我更加思念女儿，更加知道如何去做好一个父亲，知道即便身处困境，依然可以给孩子们最好的成长。

此后我时常想象，自己回国之后，要陪着女儿去做很多事，陪她玩水、玩沙子，好好长大。

我会成为一个好父亲，会比布朗先生更好，陪我女儿走更远的路。

也许到了那时，我会找一个机会，再和她讲起这个故事：

在非洲，有一位布朗先生，是我的朋友。

怪人之家

我至今都记得第一次见到麻吉的那个下午。

由于语言不通，我们援非医生并不经常参与非洲医院同事间的八卦，即便这样，我也听过关于她的传闻：新来的女保洁员是一个“能治小儿夜啼”的“女妖怪”，长得非常丑，看一眼都会做噩梦。女员工们组成联盟，说她是男人，不让她使用女厕所，这个丑八怪女保洁员半夜戴着口罩翻墙上厕所，又吓到了一伙人。听到这些传闻，我本有些义愤填膺，直到见到她本人的那一刻，我有点明白了。

远远看到麻吉的时候，我真以为她是个穿着裙子的男人：卷曲的短发，发达的肌肉，肱二头肌比胸部还明显，脸被发达的颊部肌肉抻成了方形；和大部分黑人一样的突唇，却没有其他黑人那样漂亮的鼻子，而是少见的塌鼻；眉毛旺盛到连成一片，以致她面无表情地看我一眼时，我都有点被吓到了。我脑子里闪过的第一个念头是：怪不得！第二个念头是：现在移开视线会不会显得不礼貌？

这个女人没有管我在想什么，看见我仿佛只是看见了一个苹果箱，平静地把视线转开。她的注意力全在围在她身边的五个孩子身上，对他们露出灿烂的笑容。

现在是下班时间，她似乎刚从外面回来，在医院走廊里的孩子们围到她身边，叫着妈妈。她一一亲吻他们，拉着他们走到走廊拐角，六个人手拉着手，开始跳舞。

那是我见过最奇怪的一场舞蹈。站在中央的麻吉，把一个蓝色塑料盆半扣在脑袋上，时而下蹲，时而跃起，五个孩子围着她，打着拍子号叫、跳跃，动作大开大合。整个舞蹈连音乐都没有，只有孩子们跑调的喊声。

更怪异的是，五个伴舞的孩子几乎身体都有些问题：最小的那个全身雪白，明显是有白化病，看起来有些笨拙；叫得特别大声的那个，左手有两根手指是连在一块的，鼻子也是歪斜的，一直吸溜着鼻涕；还有两个长得很像，外表看上去没有什么不正常，但细听就会发现他们只能发出嘶哑的叫声，应该是失声了。

五个人中，最扎眼的竟然是唯一一个四肢健全的大男孩。他十七八岁，穿着校服，面带微笑地注视着麻吉，时不时拉扯一下跳歪了快要撞到别人身上的弟弟妹妹。

不知道是不是夕阳的魔力，六个怪人凑在一起在夕阳中舞蹈，反而不奇怪了。他们心无旁骛地跳着，边跳边笑，陶醉于自己的舞蹈中。以致我也有些转不开目光，甚至不自觉地笑起来。

六个人跳到大汗淋漓，麻吉用一个有力的动作结束了舞蹈。孩子们站成一排，麻吉从袋子里拿出了几根烤玉米，依次分发给他们，并亲吻了他们每个人的额头，接着说了一句本地语。奇怪的是麻吉拍了拍他们，他们就各自散开了，没有一起回家。只有那个穿着卡其色校服的俊秀男孩留到了最后。

他默默地跟着麻吉收拾了现场剩下的所有东西，然后和麻吉一起往保洁员的休息室走去。夕阳的余晖渐渐消失，走着走着，路边的垃圾和苍蝇越来越多。

所谓的保洁员休息室，其实也是堆垃圾的仓库，臭气熏天，飞满了蚊蝇。那短暂的、模糊美丑的黄昏时刻结束了，麻吉和她的病孩子们又要回到那个臭气熏天的小屋里，回到阴影里，回到大家眼中丑陋的保洁员和乞儿的“角色”。

我心里却有些东西不一样了。那场舞蹈让我对麻吉和这个“怪人之家”充满了好奇。

关于麻吉的事一点儿也不难打听，只要从三十句嘲笑她相貌的笑话里，筛选出一句关键信息就好了。有人说，别看麻吉又穷又丑，她背后其实“有关系”呢，这份保洁员的工作是一个法国女人托关系给她找的。本地朋友告诉我，那五个孩子都不是麻吉亲生的，之前都是在医院附近乞讨的。麻吉长得太丑了，嫁不出去，也不能怀孕，因此被赶出了村庄，可能因为太想当妈妈了吧，不知道什么时候就和这些没人要的、有缺憾的小孩聚在了一起，扮家家。我问：“其中还有一个健康的孩子呢，也是被丢弃的吗？”对方想了想说：“那个好像是和麻吉一起来的，之前没见过，不清楚。”他们似乎只在意麻吉身上怪异的部分，但并不想真的关心这个人。

再次见到麻吉身边的男孩时，我格外留意了几分。那天我去经济首都布琼布拉的菜市场——距离医院两个半小时车程，意外看到了那个穿着卡其色校服的男孩，他手里拿着一沓布袋子。

布隆迪虽然是不发达国家，但和发达国家一样有禁塑令，所以市场里经常有小孩零售布袋子赚点儿钱，这孩子应该也是。只是不知道他怎么跑到这么远的地方来了。

我给了他一笔小费，让他帮我拿东西。男孩有些警惕这突如其来的好生意，我笑了笑，跟他闲聊：“出来打零工帮妈妈养家吗？很辛苦吧。”

男孩用流畅的英语回答我：“非洲有句古话说，‘养活一个孩子需要一个村子’，你也看见了，妈妈养了不只我一个孩子。”男孩告诉我，他叫尼维尔。尼维尔干劲儿十足，总是小跑着走在我前面，还会主动帮我砍价，不管提了多少东西，始终笑吟吟的，五官圆圆的，有点儿孩子气。

我问尼维尔怎么跑这么远来打工，尼维尔说，他在这个市场“分期付款”购买了一个带锁的柜子，每天都要付一笔钱给老板——因为总有人把垃圾扔在他和妈妈的被子上，所以他想买个带锁的柜子。我有些惊讶，他为了一个柜子每天得搭好几个小时车来菜市场。

我记得这个男孩不是在医院附近乞讨的乞儿，但我觉得他应该也不是麻吉的亲生孩子，麻吉的相貌可能是多囊卵巢综合征，甚至是染色体异常，很可能是不孕的。我向男孩试探性地问这个问题，尼维尔满不在乎地回答：“只要在妈妈身边，我们便是妈妈的孩子。”

因为其他孩子都有些疾病，所以被抛弃，那尼维尔为什么会在麻吉身边呢？我又忍不住打量了他一番。上看下看，也没看出来这孩子哪里不对劲。他健康漂亮，会英语，还特别孝顺，就像这个怪人之家里飞出的金凤凰。

我很喜欢这个孩子，采购结束时，我想给他一笔小费，尼维尔摆手不要，看了我一眼，支支吾吾地说：“你是医生，能帮我妈妈看病吗？妈妈的右边耳朵出了问题。”

我硬把小费塞到了尼维尔的手里，说：“看病随时来，这钱拿着给妈妈买柜子。”

尼维尔再次强调：“我们可能付不起药费。”

我向他比画：OK。

没过多久，尼维尔就带着妈妈麻吉来到了我的诊室。我试着跟麻吉打招呼，但显然她听不懂英语、法语，还很怕我，一直低着头。我试着去戴手套，发现她的反应更大了，她害怕医生。尼维尔在旁边一直在用本地语说着什么，语气很温柔，到后来甚至抱住了妈妈的头，轻轻地拍着她。我在尼维尔的帮助下完成了检查。

麻吉的耳膜有明显伤口，应该是耳膜穿孔。尼维尔听不懂这个单词，我换成更简单的语言：“你妈妈的右耳，应该是被人扇了一巴掌，或者打了一拳。”

尼维尔的表情从迷茫转为震惊，用本地语问了麻吉一句什么。麻吉脸色一变，突然大声跟尼维尔争执起来，接着竟像个赌气的小女孩一样跳下椅子跑掉了。尼维尔被扔在诊室里，尴尬地愣在原地。看起来，麻吉的受伤肯定有隐情，而且她不愿意告诉尼维尔。

我也有些尴尬，还是尼维尔先处理好情绪，主动问我麻吉的病该怎么治。我给他开了一板布洛芬，告诉他目前伤口还没有愈合，不能上药，最主要是不要进水，等好些了再来。

第二天早上我还没到诊室，就听见走廊那边一阵喧闹。走过去看，是尼维尔和那个手部畸形的小孩正在打架。周围围了一圈大人，非但不劝阻，反而在高声叫好，还下赌注赌谁赢。

不知道是不是因为厌恶丑陋的麻吉，她的孩子们在医院里也格外受排挤，人们看他们都是看笑话的样子。

我分开人群，上前拉开了两个孩子，一人屁股上给了一脚。手部畸形的小孩凶悍地瞪了我一眼跑掉了，尼维尔在我身后抽抽搭搭地哭着。我问他为什么和弟弟打架，他哭着说："卡卡又开始偷东西了。是他害得妈妈挨打……"

我大概明白过来了，那个手部畸形的孩子就是卡卡，在成为"麻吉的孩子"之前就是个惯偷，上回偷东西，物主找上门来把麻吉打了。尼维尔在我的诊室里才得知这个消息，现在是在管教弟弟。

只不过，那天麻吉在诊室里看起来十分抵触，现在卡卡也是一副不服气的样子，尼维尔这个大哥当得真是里外不是人。

我有点儿心疼尼维尔，他这么健康聪明，关心妈妈，还会英语，放在哪个家庭里都应备受宠爱，在这儿却要过早地成熟起来。麻吉这个妈妈当得像个孩子一样。我心里隐隐有种打抱不平的感觉，这孩子值得待在更好的家庭，这个破破烂烂，甚至游走在犯罪边缘的家庭，简直是在拖累他。

但这是家庭矛盾，我也不好说什么，只是叮嘱尼维尔，上课时间到了，快去上学。

不知道尼维尔是不是跟家里吵了架有点儿心灰意冷，几天后，带着麻吉来看病的人换成了弟弟卡卡。

麻吉的耳朵明显恶化，开始流脓了，估计是没把我的医嘱听进去，用水洗了。这个妈妈真是让人不省心，感觉她领养孩子不是因为母爱泛滥，而是在给自己找监护人。

尼维尔不在，我训她她也听不懂，我只能先给他们开药，一盒抗生素、两瓶左氧氟沙星滴耳液、一盒布洛芬，因为对他们的经济状况有所预料，我没有要钱，而是直接从自己的小药库里拿了免费的药品送给他们。

卡卡拿到药愣了一下，比比画画地问我，能不能给他们开一盒哌替啶（杜冷丁）。他用很夸张的动作表达：妈妈很痛，需要这个。

麻吉的伤压根用不到派替啶，而且我直觉上不信任卡卡，非洲滥用止痛药物，派替啶上瘾的人很多，在黑市上卖得很贵，谁知道这小子想干什么。

被我拒绝后，卡卡就带着麻吉离开了，没过多久，对面药店的药剂师找上了门，黑着脸问我怎么回事：“一张处方只能拿一盒派替啶，你没和你的病人说吗？”

我一头雾水地接过处方，发现左下角确实盖着我的章；

我又找到管理印章的护士，她说是“那个男孩”让她开的，“你给他们拿了那么多免费药，我以为你们很熟”。

护士出去转了一圈，立马就把在诊室附近徘徊的卡卡抓了回来。卡卡老老实实地低着头，说他是来承认错误的，希望我不要把这件事告诉尼维尔。我被气笑了。原来他还会怕尼维尔啊，那么这件事是他们的妈妈麻吉默许的吗？

卡卡告诉我，他们就是为了骗我的药，故意让伤口恶化的。

我立马抬脚踢他的屁股，被他灵巧地躲开了，他边跑边解释，他们这么做是有原因的，他们一家人很快就要搬走了，搬去必须要坐飞机才能去的远方，所以需要很多钱。这一盒药黑市上能卖20美元，可以顶麻吉两个月的工资。

他喊着：“求求你不要把这件事告诉哥哥，如果他知道，肯定就不带我去了。”

我一愣，就被这小子钻空子跑掉了。

在布隆迪，我听过很多人的梦想是逃离，毕竟这里已经被许多人称为“没有希望的大陆”，但这家人绝对是我见过要出海的船只里最破烂的一艘，连家庭都是临时组的。

他们能出国？他们哪来的钱出国？

这个家庭里，唯一能和我好好沟通并给我答案的估计只有尼维尔了。

再次见到这家人，是在穆塞业镇的教堂。他们正趁着礼拜后的人流，在教堂门口卖艺，表演那个顶着盆子的舞蹈。很显然，虽然他们自己跳起来挺开心，但他们笨拙的舞姿在外人眼里压根不值得欣赏，几乎没有人打赏他们。这一家人也不慌，舞蹈结束后，尼维尔代替麻吉走上了“舞台”，开始清唱《泰坦尼克号》的主题曲。

他唱得有些意思，旋律中添了一些非洲特色的桑巴元素，另外五名家人就和着这个节奏跳起舞来。这次围观的群众显然变多了，也有了一些打赏。我不懂唱歌，只觉得尼维尔的音调节奏比他的家人们要好一些，但也不至于惊为天人，反正不到我会打赏的地步。

我一直等到演出结束，看他们围坐在一起，尼维尔开始清点整场的收入。显然没几个钱，支撑他们这个家庭生活都有些勉强，更不要说出国了。

尼维尔点着数，麻吉和几个孩子在一旁用本地语聊天。尼维尔看我一直在，就邀请我一起坐下。我问他们在聊什么，他说，这是他们例行的家庭会议时间，今天家庭会议的主题是“搬家到大城市以后要干什么”。

卡卡没说谎，他们真的要出国，可是，怎么出？

尼维尔还在带着笑意向我翻译，去了大城市之后，卡卡要吃鱼肉，不吃木薯；患白化病的那个孩子，想要漂亮的衣服和伞；失声兄弟做出双手转动车把的姿势，意思是想要一辆摩托车。麻吉全程看着每一位孩子发言，并在结束时热烈地拍手。

我问尼维尔，他和麻吉为什么不发言，尼维尔平淡地说："我和妈妈的目标从来都没有变过，就是希望能和大家一直在一起。"

接着，麻吉开始给孩子们讲圣经故事了，一家人十分温馨地依偎在一起，我把尼维尔叫到一旁，想和他聊聊。

聪明人不说糊涂话，我直接问："你们要搬去国外生活？"

尼维尔警惕地反问我："谁告诉你的？"

我说你别管，如果你如实回答，我可以考虑资助你们 5 万布隆迪法郎。

尼维尔眼睛一亮，没犹豫多久就坦白了：镇上有一家法国人开的表演学校，告诉他们只要经过培训后，去参加一个唱歌比赛，赢了就可以一家人去法国。

我几乎是脱口而出："这你也信？"

尼维尔脸色变了，抬高声音说："我对我自己唱歌的天赋很有信心，我们一家人跳的舞很有非洲特色，这是让·托老师亲口告诉我的！她不会骗我们的，她一直在帮助我们家，帮我上学，帮我妈妈找到工作。"原来麻吉的所谓法国人靠山，就是尼维尔的表演老师。

没等我质问，尼维尔心虚似的补充了一句："就算……

起码我们还在一起，在一起努力，就算没得到什么也不亏，不是吗？”

尼维尔回去时，家庭会议正好结束了，结束语还是那句听不懂的当地语，还有一人一个来自麻吉的额头吻。

免费培训、便宜比赛、送人去法国，这样的馅饼选中一个怪人之家，还有这种好事？我决定去见见那个法国人让·托。

本地通朋友带着我到了表演学校，到的时候学员们正在上课。台上有三男三女在模仿足球进门时观众与球员的动作。场边，一个戴着金丝眼镜的胖胖的老太太正在监督着他们的表演，她非常严厉且负责，光我看的那十分钟，她就厉声打断了学员六次，每次打断后会亲自上台纠正学员的动作。“本地通”同事告诉我，这就是让·托老师，也是镇上这家表演学校的主办人。麻吉也在这里上表演课。

来之前我查过了尼维尔说的那个唱歌比赛，那个比赛确实存在，是一个以整个非洲为单位的海选比赛，有点像快乐女声。比赛根本没有承诺胜者会得到法国签证或者法国国籍之类的，但获胜的人会得到一个类似“非洲总冠军”的名头，也许有了这个名头之后，就可以去法国之类的地方表演。

我不懂音乐，也不知道他们是怎么选的，但总觉得以尼维尔一家“草台班子”的水平，当非洲总冠军还是差很多。如果让·托给他们介绍的是这个比赛，无疑是画了一个太大的“饼”。我很想问问让·托老师到底在想什么。

一直等到下课，让·托老师才走下来。“本地通”在我的授意下，没有告诉她我是援非医生，而是将我介绍为一名中国作家。

让·托老师闻言眼睛一亮，把我们引到办公室，还专门开了一瓶红酒。她慷慨激昂地向我们介绍了她开办的这所表演学校，以及她培育出来的很多孩子：“我们关注第三世界的普通人，想要改变这个不公平的世界，在任何地方都有天才的存在……”

故事配酒，她很快就把自己灌得有点儿醉了，我进入正题：“让·托老师记得尼维尔吗？我是从他那里知道您的。”

让·托老师醉醺醺但眼睛亮闪闪地回答我：“当然，他是我最得意的作品之一。”

这句话让我感到有些不舒服，我打断她问：“尼维尔说的那个比赛是真的吗？”

让·托老师先是笑了：“你和他妈妈一样，想来打听我是不是骗了尼维尔？”她突然端正了脸色，把杯子倒扣在桌子上，严肃地说道：“是真的，我不会骗那个男孩的。”

让·托老师严肃起来有些吓人，我有点儿胆怯，但还是坚持问下去："赢了比赛后一家人去法国生活也是真的吗？"

让·托老师又笑了，眼睛上下打量着我："您是一名作家，来这儿也是看上了这个男孩的故事吧？那你觉得，这个故事怎么写才好看呢？"她露出了十分玩味的笑容："一家人轻轻松松逆天改命的故事好看吗？会不会有些假？贫苦的母亲、残疾的弟弟，为了不拖累有天赋的尼维尔，牺牲自己送他去艺术的殿堂，这样是不是更好一点？"

我恍然大悟。光比歌声，尼维尔没有胜算，所以让·托给他设计了一个"故事"，一家人一块去表演，让其他人看到麻吉的丑陋、弟弟的残疾，反衬尼维尔更加优秀和辛苦，这样才有人会选他。从头到尾，真正要"出道"的只有尼维尔一个。而他们还在做着一家人一起去大城市的美梦。

我感觉到一股怒火在胸腔里涌动。她把自己当成什么？主宰者吗？甚至恶趣味地编排一场悲剧，就为了博人眼球？许久我才蹦出一句话："你为什么不直接给尼维尔说清楚，最终只有他一人去法国呢？"

让·托老师眨眨眼："尼维尔很聪明的，你以为他不知道吗？"让·托又给自己倒了杯野格，悠闲地说，"我认识尼维尔比你要早得多，我甚至可以称为尼维尔的另一个母亲。我可以告诉你，尼维尔该给麻吉的报酬，早就给够了。"

她说，尼维尔是麻吉在草丛里捡到的孩子，当时他非常瘦弱，布隆迪政府对儿童的保护非常好，母婴基金会给他一笔资金，而这笔资金就落到了捡到他的麻吉身上。从这笔钱开始，麻吉一直以尼维尔的母亲自居，领了许多补助金。

在布隆迪，社会对单身女性相当残忍，她们没有土地、没有技术，脱离家庭多半只能去乞讨或者出卖色相，而麻吉的相貌决定了她在这两条路上都不会有太多收入。从这个角度来说，不是她养大了尼维尔，而是尼维尔救了她。

我质问她凭什么这么说，让·托指着自己说："我就是那个给她发钱的基金会的负责人。"让·托暗示我，尼维尔其实早就在为分别做准备了。是尼维尔鼓动麻吉收养了其他几个孩子，既是作为表演时的"工具人"，也是为了等他成为表演明星离开这个家后，有人照顾麻吉。他已经仁至义尽了。

我知道她的描述中一定带有偏见，我亲眼见到这家人的互动不会是假的，麻吉和尼维尔母子之间的爱不会是假的，可是谁又知道，这爱是不是来自这样一种合作关系呢？

我的脑子很乱，不愿意接受她这样猜测那一家人，拉起醉醺醺的朋友准备告辞。临走前我还是忍不住回过头，问："你能保证尼维尔一定能去法国吗？他去了法国，一定能继续唱歌吗？"

让·托反问："你能保证你的每一篇文章都会被读者喜

欢吗？”

我被噎了一下，又问：“你不怕我阻止尼维尔吗？”

让·托摊手说：“只出去一个，和一个都出不去，你想怎么选呢？”

我确实“上头”了，我指责她编排尼维尔一家的命运，指责她给尼维尔画饼，却忘记了大部分人连这个被编排的机会都没有。哪怕是一个画出来的大饼，也已经是尼维尔能争取到的最好的东西了。

我苦笑一下，离开了。

我不愿意相信让·托对这家人的揣测，但这一家人的一言一行似乎又在无形中印证着她说的话。

比如，这几个孩子在集市里搬运东西时，之前是尼维尔组织和谈价格，现在换成了卡卡，尼维尔只负责在一旁监工。再后来，两个失声小孩也出来打工了，三个孩子会分工合作，一个孩子负责搬运鸡蛋，一个孩子在一旁护着，还有一个孩子在前面开道。搬运结束后，所有的小费都会被收到尼维尔手里，几个孩子只能眼巴巴地看着。有一种尼维尔在训练他们赚钱，并利用他们攒钱的感觉。

又过了一段时间，尼维尔干脆不来菜市场了。卡卡取代了他的工作，变得老实可靠起来。之前尼维尔在他身上发的火，似乎也生效了。

卡卡告诉我，尼维尔去加练了，他们一家人真的在比赛中拿到了名次，但让·托老师只叫尼维尔去加练，“也许是哥哥唱得比较差”。我拍了拍卡卡的肩膀，有点儿心疼他。

“本地通”同事跟我八卦说，尼维尔在镇上已经出名了，没想到我们这个小地方竟然出了个歌手。哪怕不去法国，这个比赛也已经改变了他的命运。他将走得越来越远。

我没有表现出一点儿高兴，问他麻吉怎么样了？

“本地通”同事说，好像比之前更疯癫了，总是戴着个没有插线的耳机边唱边跳，唱的歌要多难听有多难听。

我找到他们一家人之前跳舞的那个走廊，见到了疯疯癫癫的麻吉。她坐在地上唱着歌，我躲在角落听了一会儿，她唱的是电影《泰坦尼克号》的主题曲，就是那天尼维尔在教堂里唱的那首歌，大概也是他的参赛曲目。

那个孩子，已经完全把这个家庭抛掉了吧？！

我不忍心再看了，于是匆匆走开。

又过了几天，麻吉被看不下去的“本地通”同事带到了我的诊室，一起来的还有卡卡。麻吉的耳朵又恶化了，流着黄绿色的脓，隔着口罩都能闻到臭味，凑近还能感觉到她在发烧。我判断可能是急性化脓性鼻窦炎，想让麻吉住院治疗。

“本地通”同事给他们翻译，他是个玩世不恭的人，翻译之余还笑着跟他们说了句什么，卡卡立马示意他闭嘴。我问“本地通”同事他们说的是什么，“本地通”同事说，自己开了个玩笑，说“你们大哥有钱了，可以付医药费了”，卡卡让他不要提。

我只给他们开了些自己的药，叮嘱他们既然就在医院工作，有事情就及时来。尼维尔走了，我想多照顾这家人一点儿。

三天后的下午，我意外地在麻吉的病床前见到了尼维尔。

尼维尔穿着之前没有穿过的齐整衣服，总是挂着笑的面庞此刻看起来比之前要疲惫得多，也稳重得多。他好像一下子长大了。

看见我出现，他很惊喜，立刻缠着我问妈妈的情况，叮嘱我多开些药。这种病人家属我在国内见过很多，因为自己很忙没法照顾家人，带着愧疚，对医生的要求就会“高”得很“粗暴”，只知道要求多开药、多住院。

他主动说，现在他因为要学习乐理知识，在穆邦达镇子上租了一间房子，他建议过麻吉辞了工作去他那儿住，但麻吉拒绝了，以致生病了他都不知道。其实他不必向我解释，我对他没有怨气。一个更好的未来，谁不想要呢？

我岔开话题问他比赛怎么样了，装出很感兴趣的样子。

尼维尔眼睛一下亮了，他说了很多，大多是让·托老师对他的肯定，还有他学到的新知识……

说着说着，他又开始抱怨家人，说我早就告诉过妈妈了，学习的这段时间我就不在家吃饭了，不用给我留煮玉米，我的那份让卡卡或者谁吃了就行，但是我今天打开柜子，发现了好几根长了毛的玉米摆在被子上。

“被子又被弄脏了，我真不知道我买这个柜子还有什么意义。”原来，他还是买了那个上锁的柜子留给麻吉。

“卡卡也不省心，说了很多次在市场不要把钱留在身上，要留到买东西的地方，不听，结果被抢了几次，有时还要妈妈亲自去市场接他。”

“他总是趁我上课的时候来捣乱，冲着我做鬼脸，我现在回来了，他反而在睡觉……”

我看着滔滔不绝抱怨着的尼维尔，有些迷茫。不知道他是在怀念自己作为这个家的顶梁柱的感觉，还是在用这些细碎的抱怨，弥补自己良心上的不安——你看，这些家人真的很麻烦、很不懂事，我不想回来，也不全是我的错，对吧？

也许是我沉默太久了，尼维尔也渐渐安静下来。安静了一会儿，他问我：“谢医生，有人跟我说，‘你必须要抛弃一些东西，太过软弱就只能一辈子待在垃圾场里’，这句话是真的吗？”

我知道，这是曾经的尼维尔的求救。但我也无法决定，曾经的那个他，和现在的这个他，究竟哪个好。我想了很久，对他说："你知道吗，在中国，也有很多人说我是垃圾，说我只知道死读书、不会变通。但我一直记得，我爷爷告诉我，我们是最有希望的一代。"

尼维尔看着翻译软件，懵懂地问我，什么意思？

我说了一句很通俗的话："Follow your heart"（听从你的心）。至于这个初心究竟是扬名立万还是一家团圆，就要问他自己了。

麻吉身边的人换成了卡卡，不知道尼维尔或者她用了什么样的魔法，让这个小魔王老老实实地留了下来，取代尼维尔的工作，作为家庭中的男人去抛头露面，养活麻吉。我们默契地不再提起尼维尔，只偶尔听说，他在镇上小有名气，忙于在各种地方表演，就算不去法国，大概也不会回来了。我以为这个故事会这样结束。

5 月 10 日的早上，我突然接到消息，布琼布拉发生了两起恐怖袭击，请求我们的援助。我们带上必需的医疗器材，立马赶往现场。

这不是我第一次参与恐怖袭击的救助，可能也不是最后一次，但每一次都让我感到非常恐怖。鲜血遍地，耳边都是孩子拼命哭叫妈妈的声音。所有伤员都不能睡觉，一睡着就会被护士拍醒，因为不知道睡着后还会不会醒来。

整场救援忙乱又短暂，没几个小时就结束了，没有能医治的伤者了，要么医治完了，要么在帐篷里等家属过来辨认。我站在尚未打扫的诊室中间，感觉整个人都被拆散了一样。耳畔还有孩子在叫着“妈妈”，我突然想起了麻吉。我想起了那个破破烂烂、被抛弃的家，和那支充满生命力的舞蹈，我想去看看她。

一步步走近隔间，似乎听到了什么声音，我有点不敢相信自己的耳朵。是尼维尔的歌声，他回来了。

我站在门口往里看，尼维尔穿着之前那件破破烂烂的衣服，坐在麻吉脚边，唱着歌，看着麻吉跳舞。

麻吉又恢复了之前跳舞时那快乐到有点儿用力过猛的样子，蹦着、大叫着，孩子们在她脚边叫着、跳着。我的嗓子非常痒，眼睛也有点酸。

我不忍心打扰他们的时间，在自己流泪之前转身离开了，但没走多远，尼维尔追了上来。他郑重其事地告诉我，他放弃比赛了。

他在镇上听说了暴恐事件的发生，那是第一次，他意识到妈妈可能在自己看不到的地方死掉，他可能再也见不到妈妈了。他不能接受这件事，所以他决定回来。

他用了半年、也许一年的时间，才找到卡卡和其他孩子，教会他们如何照顾麻吉，一点点地告别，却只用了一夜就决定回来。我们曾经觉得那么困难、那么复杂的决定，在失去家人的恐惧涌来的一瞬间，变得无比简单。

尼维尔问了我最后一个问题："谢医生，你觉得去法国是真实的吗？"

我谨慎地回答："那取决于你是否想去。"

尼维尔笑了："我觉得跟妈妈在一起更真实一些。"

他向我摆摆手要离开，我张了张口，突然叫住了他："你们每天唱歌之后，麻吉亲吻你们的时候，你们说的那句话是什么意思？"

尼维尔愣了一下，回答我："爱你，永远在一起。"

病孩子

这次看诊从一开始就很不寻常。

就在刚刚，我给这位黑人父亲的儿子瑞纳开了 3 项检查，花费 5 万布隆迪法郎，相当于当地人 1 个月的伙食费。但我还是没找到这孩子的病因。

黑人父亲一言不发地站在旁边，一米八的大高个儿，有种说不出来的压迫感。

最开始，我没听懂瑞纳父亲说的病因，护士告诉我，他说他的儿子“呼吸的声音太重了，一个孩子不应该有这么重的呼吸声”。

我推断他说的应该是打鼾（俗称打呼噜），还想再询问几句病史，瑞纳父亲就指了指桌上的检查器械，示意我，应该先查体。

这是个懂行的病人家属，我一下有点羞愧了。但我手中的器械刚接触到瑞纳的鼻腔，他便像受刑一样发出了尖叫，同时拼命地在椅子上将头后仰。

怕医生的孩子我没少见，这么夸张的还真是第一次。

几乎同时，瑞纳的父亲立刻蹲到了椅子后，熟练地用双臂紧紧地抱住了瑞纳，让孩子把嘴张开。这是要安排我检查咽部的意思？

我赶忙把手里的前鼻镜换成压舌板，配合瑞纳的父亲，把孩子的嘴撬开。

瑞纳还要挣扎，他的父亲吼了一声“瑞纳”，这一声像咒语一样，孩子被定在了椅子上，只剩身体还在诚实地抖个不停。

瑞纳的眼眶里还有泪水在打转，好像在哀求我不要把器械放进去。但他父亲冷冰冰的审视的目光更让我紧张。

我一边安慰着全身僵硬的瑞纳，一边迅速完成了检查，没有发现任何可能导致打呼噜的异常情况。

在我看来，这种情况问题不大，可以先吃点药，进行实验性治疗，后期再随诊。但瑞纳的父亲没说话，拿起我刚放下的前鼻镜仔细观察了一下，甚至捏了几下把手，露出了失望的表情。

我告诉他，如果实在想检查，还可以再做一个 X 线。器械检查看不到最重要的鼻咽部，非洲能用的只有 X 线。但就非洲的人均收入来说，做 X 线费用相当贵。即使做了，也可能鼻咽部还是没问题。所以大部分病人到这里就不再检查了。但瑞纳父亲只是看了我一眼，就点头同意了。这下我被将了一军。

在非洲医院有个不成文的规定：开出 3 个及以上无阳性结果检查单的医生，是要受到处罚的。这是由于医疗花费对于普通非洲人来说实在是太贵了，他们得提防医生坑病人的钱。

我十分紧张，拿出了最高的“国际会诊”规格，给国内的影像科同事打了个视频，让他们指导本地医生配合我拍片。但片子结果出来，我颠来倒去看了好几遍，也没发现问题。

我彻底慌了。

不是扁桃体发炎，不是鼻甲肥大，也不是腺样体肥大，还能是什么呢？我凑近瑞纳看了又看，甚至把耳朵贴近了仔细听了起来。

“听到了没，就是那个！”瑞纳的父亲突然喊了起来，甚至面露喜色。

我以为自己聋了，又仔细地听了一会儿，好像真的有，几次呼吸当中会有稍微重一点儿的一声。

“呼吸声重”原来说的不是打呼噜，而是日常呼吸中这么细微的一丁点儿区别。

我甚至有点佩服瑞纳的父亲了，虽然我也有孩子，但真的要我从日常生活中找出这么细小的问题，我可能做不到。这种小变化，首先考虑的就是孩子自己用力呼吸了一下所致。

我问瑞纳，是否有鼻子不舒服导致你用力呼吸的情况？你可以对此打分，0 分是一点儿都没有，10 分是非常严重，无法忍受。

瑞纳无助地看着我，又向父亲投去求助的目光。他父亲就像刚才那样，除了用严肃的目光盯着他以外，没有过多的动作。

瑞纳磨叽了一会儿后，在纸上写下了“7”。

我长舒了一口气，确诊了，轻微的鼻翼肥大导致孩子会用力呼吸，呼吸声就会有点变化。

我给瑞纳开了一瓶鼻喷激素。临走时，我又追问瑞纳的父亲，你觉得瑞纳应该打几分？

瑞纳的父亲回以微笑：“我不清楚孩子的感受，但我觉得，孩子出现问题一定要尽早治疗。”

晚上回到驻地后，我和同寝室的袁大夫聊起了这对父子，没想到袁大夫告诉我，他们也去了眼科。

瑞纳的父亲说孩子总是不自觉地向右下或者左下看，袁大夫诊断为间歇性斜视。袁大夫同样觉得瑞纳父亲很细心，管教严格又舍得花钱，“就是好像不太相信我的技术，总是催着我用器械给他儿子检查。”

我们开玩笑地说，不会这就是非洲的“鸡娃”吧？

没想到刚过了两周，我竟然又在耳鼻喉科看到了这对父子。瑞纳的父亲用近乎控诉的音调说，他儿子总是在不自主地咽口水，“喉结移动的频率像个变态。”

我问瑞纳父亲，孩子之前的症状好一些了吗？

但他好像失聪了一样，径直走到我的身边，很自然地在消毒好的器械里翻找了起来。

我反应过来想制止他，结果瑞纳的父亲居然在杂乱的器械堆里，翻出了压舌板和间接喉镜。他真的知道我要用什么！

我有点恼火，让他离我的桌子远点，“我知道该怎么检查，不用你来教我。”

这一次，我可以清晰地看见瑞纳的喉结确实在频繁地上下活动，甚至可以听见他咽口水的声音。而且呼吸声重的情况变得更严重了，基本每次呼吸都伴随着鼻翼翕动。难道是我之前的治疗没有效果？

瑞纳的父亲又一次麻利地控制住了儿子。瑞纳不像上次那样挣扎了，可是看到我清理喉镜，泪水还是滑落了下来。

他似乎知道这个检查会很难受，是在别的地方做过吗？但没有病历，我还是只能配合瑞纳的父亲，用手拽住孩子的舌头，把喉镜塞进了他的喉咙。

布隆迪没有专用的麻药，喉镜被强行塞进喉咙深处，还要上下左右不停地调整角度。瑞纳一直皱着眉，断断续续地发出干呕声。而他父亲仍然死死地抓住他的手。

我想起上次做 X 线的时候，瑞纳在拍片区一直小声地啜泣，似乎是怕黑。

X 线拍片区只有一台机器，除光线不好之外还很狭窄，孩子进去一般都会害怕，多数父母会主动要求陪着孩子。

但我数次用眼神和招手的方式向瑞纳的父亲示意，让他穿上铅衣过去，瑞纳的父亲却好像没看见一样。自始至终，他都是表情严肃、一动不动地站在玻璃那边盯着瑞纳，看着他流泪，看着他拿脏兮兮的袖子擦着挂在脸颊的泪水。

喉镜检查还没结束，瑞纳突然推了我一下。我还没反应过来，就见他猛地挣脱了父亲，抬手捂住嘴，呕吐物从指缝中流了出来。

瑞纳试图用双手接着，同时立马跳下座椅向洗手池跑去，但还是有很多东西溅到了我的衣服上。

瑞纳抱歉地看着我。刚才那一推，应该就是他怕弄到我身上。他越懂事，我越心虚。因为刚才这一通检查，我又什么都没看出来。

我甚至有点怀疑，瑞纳真的有病吗？

“瑞纳，你呼吸困难吗？”

孩子摇摇头。

“头晕吗？头痛吗？眼睛不舒服吗？你近期受过外伤吗？喝了很烫的水吗？”

我几乎把所有可能的因素都问了个遍，瑞纳一直摇头，最后我想到了心理问题。

“瑞纳，你最近有没有做过什么特殊的事情？”

瑞纳的父亲听到这里，突然上前一步，反问什么是特殊的事情。

我说就是以前不常做，但最近一直做的事情。瑞纳吞口水的情况是新出现的，可能是近期生活中出现了什么刺激源。

瑞纳的父亲若有所思地嘟囔着，接着突然双手合十并向我表示感谢，然后就拉着瑞纳匆匆地离开了诊室。

我本想追出诊室问他想到了什么，但后面病人太多了，我也只好作罢。

晚上回到驻地，我立马把今天看诊的情况告诉了袁大夫，他也觉得有些不对劲。

我们讨论了一晚上，不得不承认，我俩有可能误诊了。瑞纳的身体没有病，他的症状应该从心理甚至精神方面找原因。

我半夜三更打扰了国内一个心理学的师弟，最终得出结论，如果把呼吸声大、斜视、清嗓子等症状并在一起考虑的话，瑞纳可能是抽动秽语综合征。

这种神经系统疾病可能来自遗传、脑损伤等，如果不尽早干预，后期可能会极大地影响患儿的智力发育。但可惜的是，整个布隆迪大概都找不出一盒对症的药。

瑞纳是个好孩子，检查时难受得吐了，还记得推开我。他父亲虽然严厉，但在带孩子看病这件事上，确实一点儿不马虎，是我辜负了他们。

愧疚感一直萦绕在我心头，我四处打听，想再见到这对苦命的父子，把诊断结果告诉他们，看看还能不能帮上什么忙。

结果，我没有在医院再见到他们，倒是医疗队的厨师高师傅听说我在找人，神神秘秘地要带我去个“好地方”。

他和袁大夫一起拽着我，跑到了城郊的一栋房子。

那是一个被铁栅栏围起来的二层建筑，门口有草地，摆着许多塑料椅子，有点像当地举办婚礼之类的大型聚会场所，但又插着美国国旗。稍微走近些，就能听见屋里传出当地嘈杂的音乐。

我们 3 个人一起上了楼，楼上是一个阳光明媚的阶梯教室。今天似乎有演出，舞台上坐着一排人，老的、少的，黑人、白人都有，都穿得很体面。我在那一排孩子当中一眼就看见了瑞纳。

我还没来得及跟他打招呼，屋子里突然响起了热烈的舞曲。瑞纳就坐在靠近音响的位置上，我担心地看向他。抽动秽语综合征的孩子很容易受到大噪声的影响而出现异常反应。但我看到的瑞纳不但没有发病，反而跟着音乐跳起舞来。他甚至有一段独舞，舞蹈动作既美观又富有力量，眉宇间透露着我从未见过的自信。

我们一行人在不远处静静地观察着他的一举一动。本着不能漏诊的原则，我特意加长了观察的时间。

跳完舞又唱歌、和朋友们聊天，足足半个小时，喘粗气、斜视、咽口水这些症状瑞纳一个都没有，更别说"抽动秽语综合征"了。看来，我们又一次误诊了，我们的小病号根本什么毛病都没有。

回去的路上，哀人夫告诉我，他原本是听当地人说这里可以唱歌放松，来了一次，偶然发现了瑞纳。后来他们前前后后又来过 4 次，每次都能碰见瑞纳，他每次都和这次一样，舞姿潇洒，看不出任何有病的症状。

想想有两次"发病"正发生在当地的农忙时节，也许瑞纳就是个因贪玩装病逃避劳动的孩子罢了。想到同样被瑞纳蒙在鼓里，还几次带他看病的父亲，我气得念了一路"小兔崽子”。我想告诉瑞纳父亲这个真相，没想到几天后，瑞纳的父亲又带着瑞纳来看病了。

这次，他是来要求我们给孩子动手术的。

瑞纳的父亲不知道从哪儿听说，切除瑞纳的悬雍垂，可以治疗瑞纳现有的症状。他担心巫医做得不安全，就来找我们做这个手术。

悬雍垂就是人的小舌头，可以避免食物呛进鼻腔里。有的人悬雍垂特别长或者长了肿瘤，需要切除，但它跟鼻息重、吞口水之类的症状没有任何关系。更何况瑞纳根本没有病。

我不好直接揭穿说你儿子在装病，只好试探地问他，上一次说到的心理问题是怎么回事。

瑞纳的父亲见我并没有极力反对手术，一下像找到了战友，抓着我开始滔滔不绝。

他说瑞纳早先是个特别听话的孩子，让做什么就做什么，并且十分仰慕身为父亲的他，“我就是孩子的榜样”。说到这里时，瑞纳的父亲不自觉地昂起了头，背也挺直了。瑞纳却正相反，头比任何时候都埋得低。

瑞纳的父亲丝毫没有觉察到气氛不对，继续自顾自地说着。最近半年，瑞纳去了一个莫名其妙的“学校”，变得不像以前那样听话了，还开始“用一些奇怪的话”顶撞父亲，“甚至连我的拳头也不怕了”。再后来，那些稀奇古怪的症状就接连出现了。

上次问诊时我说病因可能在于“特殊的事情”，瑞纳父亲立刻意识到，一切的源头就是那个“学校”。

就像拎起待宰的小鸡仔那样，瑞纳的父亲一把将儿子拽了过来：“看看你现在被这些无聊的东西弄成什么样了！你究竟要花掉我多少钱！”

当着我的面，他狠狠地给了瑞纳一个耳光，鲜血从瑞纳的嘴角渗了出来。瑞纳没有挡，也没有躲，只是低着头小声啜泣。

鼻翼翕动、眼珠向下、吞咽口水，之前说的症状一一开始出现。我一下明白了：瑞纳没有装病！他的病根，不是那个“学校”，而是他父亲的暴力。

小时候我成绩不好，人还很调皮，有一次趁老师不在，我在自习课上带着同学们捣乱，结果被抓住了。

老师没有体罚我，只是让我当众唱歌。我不明所以地唱了起来。唱完老师就皱着眉头批评我唱得难听，接着挨个问班上的同学，他唱得好不好听？每个同学都说不好听。

这次之后，我突然“不会”唱歌了，一张口就不知道怎么发声。见到老师不知道手该放哪儿、不知道路该怎么走。

现在看着瑞纳的父亲，那种熟悉的窒息感又回来了。

他根本不是来我这儿看病的，自始至终都不是。他只是不满意儿子为什么不听他的话了，就觉得儿子有病。从最开始，他就迫切地催促我们用器械检查，不管瑞纳怎么挣扎哭泣，他都板着一张脸——因为这就是他惩罚孩子的方式。

而我因为怕找不到病因、怕被质疑，一次次地给孩子增加检查，也成了瑞纳父亲的帮凶。

我已经长大了，还是一名医生，可是我的权威也不能说服这个父亲，他只相信自己认为的正确答案。

我想了想，板起脸告诉瑞纳的父亲，这个手术我在中国常做，而且完全免费，只要准备一晚，明天你就可以带着孩子来。

第二天早上，瑞纳和他父亲早早就在门口等着了。

我让护士起草了一份手术同意书，让瑞纳和他的父亲签了字。接着，我和袁大夫穿着白大褂，把瑞纳领到了手术室里。

瑞纳像打摆子那样抖个不停，眼睛一直瞟着手术台边寒光闪闪的手术器械。

我和袁大夫对视了一眼，我摘下了口罩对瑞纳说："我不喜欢你的舞姿，你的胳膊太僵硬了，不灵活。"

瑞纳一脸吃惊地看着我，好像"死机"了。

袁大夫紧接着也摘掉了口罩，解释说，我们在那个学校看见你潇洒的舞姿了。他甚至学了几下，笑吟吟地跟瑞纳说："喏，你的胳膊就是这样的。"

瑞纳终于明白我们在说什么，露出了笑意。

我一屁股坐到了手术台上，用白布盖住了盒子里的手术器械，告诉瑞纳说我们今天不给你做手术。

"因为你不需要做这个手术，你没有病，病的是你的父亲。"

昨晚，我和袁大夫商量好，要一起给瑞纳做个"假手术"。以他父亲的自负，我们拒绝他，他只会找别的医生，甚至找巫医去做，到时候对孩子的伤害更大。

我们本打算把瑞纳迷晕，等他睡够时间再推出去，但今天看到他，我又改变主意了。

我这次能做一场假手术，那下次呢？瑞纳的父亲会不会继续认为，只要找医生切掉孩子身上的一个什么小东西，孩子就能永远听话？

我要把一切都告诉瑞纳，让他自己做决定，自己保护自己。袁大夫喊着风险太大了，要和瑞纳做"碰肘礼[1]"，以免瑞纳出卖我俩。瑞纳绷着小脸，高高地举起胳膊肘，碰

1　碰肘礼是一种在特殊时期为了避免交叉感染而兴起的肢体语言礼节，起源于2014年利比里亚发生埃博拉病毒疫情后。

在了袁大夫的胳膊肘上。

我们两个大人、一个小孩，在手术台上并肩坐下，等待“手术结束”。

“你的父亲好像不是很喜欢你？”

瑞纳小声说：“父亲确实很烦我，因为我的母亲就是我害死的。”

这件事瑞纳是从村里的玩伴们口中听来的。

最初他不明白什么叫作“害死”，后来邻居告诉他，他的母亲是为了产下他而死在了手术台上。家里找不到一丁点母亲的东西，据说都被父亲烧了。而父亲也不允许瑞纳说自己害死了母亲，每当他提起这个话题，父亲就会抄起棍子狠狠地揍他。

父亲是村里私立学校的老师。瑞纳白天在私塾听父亲讲课，晚上又跟着父亲回家。不像中国有义务教育，布隆迪学校很少，只有不到一半的孩子能上学。有的地方会自己办一个私立学校，选村里比较有声望的人当老师，把剩下的孩子送进去。

无论在私塾里还是私塾外，父亲的规矩都是说一不二。小到餐桌上刀叉摆放的位置，大到瑞纳该交什么样的朋友，瑞纳的父亲都有指导。一旦不符合父亲的要求，就会挨打。早上下床的声音过大会挨打，吃饭吃得过快会挨打，甚至连上厕所的时间过长也会挨打。

被打得最惨的一次要数那次在酒吧里。他本来是去酒吧找父亲回家，结果因为看见父亲时“没有低头”，被打到昏迷，甚至进了医院。

我匪夷所思地追问：“真的就因为没有低头吗？”

瑞纳犹豫了半天说也许因为他看见父亲喝酒，埋怨了一句：“皮埃尔说得对，黑人真的懒，所有的钱都用来喝酒了。”

这话不是歧视吗，我一下又有些摇摆不定了。我问瑞纳，是谁教他说这话的，皮埃尔是谁。

瑞纳的眉毛和嘴角一下就飞了起来，他说，皮埃尔就是那所“学校”的负责人，他是一个白人，懂英语，会唱歌，从来不打他，还教了他好多东西。瑞纳喜欢英语，喜欢听老师讲外面的故事。

自从皮埃尔和那所“学校”出现，村里的孩子都不去父亲的私塾了。父亲原本没有什么意见，可是当瑞纳兴冲冲地跟他说皮埃尔教了这个、教了那个，他就总是很反感的样子。后来，只要瑞纳一提皮埃尔的名字，就会挨打。

我问：“那你父亲为什么不直接禁止你去呢？”瑞纳说，也许是因为自己总能从学校领回去奖品甚至奖金吧。

我和袁大夫表示愿意帮助瑞纳寻找专业的机构帮忙，但意外的是，瑞纳拒绝了。他说他和父亲相依为命，本就失去母亲的他和父亲一样，不能再失去彼此了。在那所“学校”里，除了英语，瑞纳还学唱歌。其实他并不喜欢唱歌，说是为了唱给父亲听。

瑞纳记得，之前父亲那么吃力地教他们英语，“总是在教我们字母”，课讲得慢，发音又奇怪，上一节课要花 10 倍的时间自学。自从美国“学校”来了，父亲虽然不喜欢皮埃尔，甚至打他骂他，可从来没有阻止过他去学英语。

我猜，这个父亲也希望儿子走向更远的世界，只是又无法面对孩子走远以后的失控和他自己孤独的生活。

预定的“手术”结束时间快到了，我拍了拍瑞纳的肩膀，让他必须牢牢记住我接下来说的注意事项，因为这是决定这个骗局是否成功的关键。

“你的父亲肯定会问，刚刚是怎么做的手术。”

“你不用瞎编我们的手术过程，只需要告诉你父亲，刚刚喝了点药，嗓子麻麻的，然后就睡着了，现在除了嗓子疼，并没其他特殊的感觉。”

我告诉他，他必须鼓起勇气，克服那些见到父亲时不自觉出现的小动作。

最简单的办法就是转移注意力，感到害怕时就偷偷数数，从 1 数到 100，甚至可以在心里做数学题。

“知道吗，外面的世界真的很精彩，就像你想的那样。

也许你可以带着你那暴躁的父亲一起，出去看看。”

瑞纳默默地点了点头，笑了。

我打开手术室的门，带着瑞纳走了出去，瑞纳的父亲就在门口站着。他还是板着那张脸，可是一步也没有离开门口。

门一打开，他上上下下地打量了一遍瑞纳，确定完好无损后，立马向我们双手合十微微鞠了一躬，一句话没说就领着瑞纳要离开。

我清了清嗓子在瑞纳的父亲身后对他说：“其实这次手术不是免费的！”他闻声停住了脚步。

我说，这个手术用的是我们医疗队的科研经费，只要他配合我们完成术后医嘱，实验成功，我们就不要钱。否则需要3倍赔付手术费用，约1000美元。

术后医嘱总共有3条：

1. 瑞纳必须去唱歌，因为手术是在声带上做的，不唱歌会出现嘶哑、饮水呛咳的现象。

2. 瑞纳的病是压力导致的内分泌问题，必须减轻他的压力，也不能使他处于惊惧、恐慌中。如果有条件，最好给瑞纳找个母亲。

3. 必须定期找医疗队随诊。

瑞纳的父亲签字按下手印就离开了。望着瑞纳父亲远去的背影，袁大夫问我，咱们这个医嘱有效吗？能保护瑞纳吗？

我笑了笑，其实我也不知道。之后这对父子也没有再来复诊。

我离开非洲时，把这个秘密交给了下一任医疗队，叮嘱他们不要露馅。

临走前我最后一次去了那所“学校”。瑞纳还在，还是那样笑着跳舞，比之前跳得要好很多。

或许，曾经那双把孩子按在检查椅上的大手，现在已经学会如何去拥抱他了。

像火一样消失在火中

真正到了非洲，我才知道，人有多会撒谎。我们作为来布隆迪的援非医生，接受的一项培训就是反诈骗。

买菜时要自己算一遍钱，否则可能“2×10=100”；加油时要问一遍是什么油，否则可能加到价值千金的“高价油”；甚至连身边的护士都不能信，要是任由她们找借口请假，整个医院会没有一个人上班。

对了，还有一个补充知识——不要相信这里的任何男人说他妻离子散。

我遇到过一个男人，总是炫耀般地讲，他的家庭有多么幸福，他要让两个儿子学法律，让两个女儿学农学。他的语气是那么自然，仿佛他的愿望一定能实现。但很久以后我才知道，他总跟我炫耀的妻子、儿子、女儿都死了至少3年。

我第一次见到托马斯，就被他摆了一道。

那天，他穿着一身蓝色西服，敲响了中国援非医生营地的大门。他说自己是社区工作者，也是本地的神父，是来帮我们登记的，因为“所有外国人都需要报备”。

当天正好队友们都去首都采购物资了，营地里只有我一个人。他来之前，从来没有人来“拜访”我们这群中国人。最开始我还有些警惕，婉拒他，说队长不在，我不方便登记。这个穿西装的神父马上追问了一句：“你和那些中国人不熟吗？”

我怕真被当成是非法入境者抓起来，赶紧把他迎进来，端茶倒水，配合他的所有问题。

这些问题包括但不限于我是什么科室的、治疗什么疾病，我们什么时候来的、什么时候开始正式上班，哪个院子是哪几个大夫在住，早上我们几点钟会去餐厅吃饭，中午和下午我们分别几点钟下班……

神父托马斯在喝完了四杯水、吃了一大堆牛肉干后，终于宽容地给我画了个十字，宣告我解除嫌疑。他还费劲地解开了被肚皮绷得紧紧的西服，从内兜掏出了一尊木质的十字架，示意要送给我。

援非前的“反诈培训”中有一课，就是说这里的神父很爱给中国人布道，希望收一些“耳根软”又多金的中国信徒，遇到这种情况一定要坚决拒绝。

我一下警惕起来，脑筋一转，做了个双手合十的动作，跟他说我是其他教徒，不用再纠缠了。

这招确实好使，托马斯神父没再多说一句，理解地把十字架收回衣兜里，整理了下衣服，就跟我告别了。

临别前，他神秘兮兮地对我说："我预感，我们还会再见的，谢医生。"

当天晚上，我得意扬扬地把这段奇遇跟队友们讲了，尤其重点介绍了我拒绝传教的机智方式。结果队友们非但没有夸我，反而问道，你看了他的证件吗？

我一愣，对啊，我怎么没想起来呢？

队长专门给省医院的院长打了个电话查询这件事，对方回答说，从来没有听说过外国人要报备这一回事，附近的两个教堂也没有叫托马斯的神父。

托马斯告别时那个狡黠的笑容又出现在我眼前——他到底是什么人？为什么要打听我们中国医疗队的事？我们围绕着托马斯的身份做了很多种猜测，最终确定，他应该是个小偷。因为 4 天后我们的营地就被盗了，而且损失最大的是我。一夜之间，不熟悉情况的人还真不能把营地搜刮得这么干净。大家立刻怀疑这几天出现的唯一陌生人托马斯。

我比谁都着急，害怕自己引狼入室害了大家。

我们报了警，也是第一次在非洲报警，警局离我们驻地不过 10 分钟的路程，我们想着警察马上就到，为保护现场，干脆封锁整个院子，结果一群人在门外等到中午警察都没到。

我们忍不住又打了一次报警电话，对面不急不忙地说，最近警情比较多，没有多余的警车给警察使用。他们还不失礼貌地解释道，如果我们能报销来回路费的话，空闲的警察可能会快一些赶到我们这里。

我脑中一下响起了《血钻》里的台词："这就是非洲。"

几个医生想办法把监控器里的数据导了出来，干起了翻监控的活儿。看了将近两个小时的监控，确定了一件事，至少托马斯本人昨天没来偷东西——整个视频里没有看见他那标志性的大肚子。

事实上，昨天光顾我们院子的不是一个贼，而是 3 个。从大件电器、财物，到我的衣服甚至内裤，前两个贼把屋里搜得干干净净，以致最后一个贼只捞着一个小椅子，价值 15 元人民币。等我们把 3 个贼的脸都看清楚后，警察终于赶到了。

他们登记了一下财物损失，看了不到 20 分钟监控，就打算走了。

我努力地向警察描述了托马斯的长相，希望提供一点线索，或者警方能确认被盗与他无关，让我摆脱担忧。但警察只是敷衍地听了几句，扭头就走了。

我到底没能知道托马斯是谁，也没追回衣服。我穿了近 1 个月的“百家衣”，同时穿在身上的还有轻信他人的羞耻感。就在我以为自己永远无法洗清引狼入室这个罪名的时候，托马斯再一次大摇大摆地出现在了我的面前。

其实我已经决定不再追究托马斯的事。因为在这段时间里，布隆迪连着发生了两起恐怖袭击事件，我们作为医生参与了救援，见到了很多惨状。

第一次目睹非洲的混乱，说实话，当时我的心里只有惶恐，什么也不想管了。只要事不找我，我绝不找事。

在我看来，托马斯就算不是小偷，也是那种社会边缘、满嘴谎话、什么都干得出来的人，我只想有多远躲多远。

托马斯再次出现是带着孩子来看病的。

他牵着的孩子满头是疮，透过孩子破烂的上衣，还能看到他后背上、胳膊上、脖子上也有类似的发红的斑疹痕迹。伸手一摸孩子的额头，烫得可以煎鸡蛋了。

我连忙让护士给孩子冰敷、擦身，接着问托马斯，孩子这样多久了？

托马斯支支吾吾地回答，三天或者不到三天吧。

我看了一眼他的大肚皮，有点恼火，自己吃得这么脑满肠肥的，让孩子穿这么破，还生病。

我语气很差地重复说，不是问你发烧，是问你这些斑疹起来多久了？

托马斯还是说三天，我仔细看了看孩子的脓疮，从结痂的痕迹来看，好像确实发病时间不长，是我冤枉他了。

我再问下去的时候，托马斯才顺口提到，“孩子的父母”告诉他，孩子是前几天有点嗓子疼，吃了点消炎药后就出现了这种情况。

原来这不是托马斯的孩子，那么为什么他带着？难道他这么好心带别人的小孩来看病？

我来不及多问，忙着联系国内的皮肤科医生一起视频会诊，最终确认了这个孩子多半是因为服药不当得了药疹。

这不是什么大病，但孩子身体虚弱，养好得花不少钱，很多亲生父母听到治疗价格都会放弃，我做好了托马斯也会这样做的心理准备。

没想到，托马斯伸手接过我开的药单，马上抱起孩子就要走，临走前还滑稽地冲我挤了一下眼睛说：“保证完成任务。”说完他就风风火火地跑了。

我不太放心，处理了一下手上的工作，又跟到了儿科。还没进走廊，就听见儿科的护士在“咯咯咯”地笑个没完。

推门进去，发现和儿科护士聊天的正是托马斯，那个起斑疹的孩子正安静地睡在托马斯的旁边。肉眼可见，孩子脸上的斑疹已经缩小了不少。

托马斯一看到我，就很热情地迎过来说："谢医生，你真厉害，孩子已经不发烧了，而且疹子也退了不少。"

他还真是来给别人的孩子看病的?

我实在有些按捺不住自己的好奇心，眼睛转了一圈，想了一个比较委婉的问题，问道："你为什么穿着我们中国医疗队的白大褂？"

我猜想，托马斯多半是通过不正当手段搞到了这件衣服，不知道只有中国医生会这么穿，所以闹了个乌龙。

没想到他特别得意地抓着我说，这是之前的中国援非医生送给他的。他甚至掏出小灵通要给我看"中国医生的电话"。

其实我一看那个号码就觉得奇怪，它只有10位。托马斯看我不是特别感兴趣的样子，着急地给对方打了一个电话，这才发现电话打不通。

那张圆脸上一贯的笑容第一次僵住了，我甚至在他脸上看出了一丝委屈。这让我也有点不好意思，甚至为这位中国同事给他的电话号码不对而感到羞愧。

会不会他冒充神父来营地，也是因为对中国和中国医生特别好奇？我脑子一热，接过托马斯的小灵通输入了自己的号码，告诉他如果病人不舒服，可以打电话告诉我。

让我欣慰的是，托马斯并没有利用这个号码骚扰我，也没有抛下孩子不管。

过了好几周，我从医院对面的小卖铺老板那里收到了他留下的一份礼物：两个煮鸡蛋和一瓶可乐。

他托老板给我带了一句口信：非常感谢谢医生对孩子的帮助，孩子已经顺利回到了父母身旁，请您不用担心。经常看到您在这儿吃零食，希望通过这简单的一餐表示感谢。他甚至注意到了我经常买可乐，可惜，要是更细心一点儿，给我送个无糖的就好了。

托马斯是我在非洲遇到的第一个“礼尚往来”的人。之后，他时不时就会给我送来一些稀奇古怪的病人。

我渐渐明白过来，他大概就是那种职业的医导，负责帮有钱的病人找医生，从中沟通。这也就解释了他为什么会跑来打探中国医生，又为什么对带来的孩子那么关心。

他手上的病人源源不断，有时候我都会怀疑，这家伙得认识多少有钱人，他自个儿又得挣多少钱啊。我甚至听说，他有 4 个孩子，是个大户人家。

他带来的一些病人，越看越不像是有钱治病的，更不像有钱找医疗掮客的。

有一回，他带来了一个嘴巴、鼻子、耳朵都被塞满石子的女孩。

当时的场景非常奇怪。我、托马斯、伤痕累累的女孩，这 3 个人当中，唯一表现出愤怒和恐惧的只有我。

我小心翼翼地给女孩检查伤口，她的眼睛、喉咙里有灰土和碎屑，鼻子和耳朵里有肉眼可见的石子。

尤其是鼻子，侧鼻中隔的黏膜都被蹭去了一大半，左侧的下鼻甲骨折了，看得出来石子是被塞进去的，而且动作极其粗暴。

我把托马斯拉到一边，悄声问他到底怎么回事。他告诉我，就在昨天，这个女孩在市中心被暴徒拉上车，拖到郊区实施了强奸。那帮暴徒完事后，并没有马上离开，而是如同变态一样，将石子塞满了女孩的下体、嘴巴、耳朵和鼻子。

暴徒们离开后，女孩徒步走回了家里，然后被家人送到了教会医院，他又把女孩儿送到我这儿。在这个过程中，她没有说一句话。

我很想问那伙人抓到了没有，可是我也知道，如果布隆迪都已经乱到有人可以在光天化日之下这么干，抓不抓他们可能都没什么区别了。

托马斯追问我，女孩为什么不说话？是不是声带受到了损伤？

我把女孩耳鼻喉中的石子和灰尘都清理干净，尽管我全程非常小心，但取出这样的石子不可能不疼。女孩一声也没有出，也没有用手去挡。

除了鼻子以外，女孩的耳膜和声带都是好的，但经过各种诱导，她除了能发出咳嗽的声音外，一个字也说不出——创伤后应激障碍（PTSD），我首先想到的就是这个病。

我告诉托马斯，她很有可能是创伤后应激障碍，是心理的原因导致她说不了话，我帮不上忙。

在布隆迪，也不太可能有专业的心理医生给她提供干预，那么就只能看她自己了，也许明天就能好，也许这辈子都不能说话。

我留意到，托马斯一直躲着女孩，站得几乎有一臂远。他应该是担心女孩受到伤害后，不想靠近男性。

我有一个女儿，托马斯有两个，我下意识地想，他会不会也很心疼这个女孩？就算他做掮客很挣钱，他的女儿在这个国家真的安全吗？

更让我疑虑的是，这个女孩的情况，怎么看也不像是有钱找别人介绍医生的，他们到底是怎么认识的？托马斯为什么要带这些人看病？这些人看病的钱，真的是他们自己出的吗？

我隐约觉得，知道了这个答案，可能我们就没法做朋友了。但没过多久，真相就被送到了我眼前。

那天，我像往常一样，接诊了一个托马斯推荐来的病人。我发现这个病人有艾滋病，正要去告知他诊断结果。然而，护士告诉我他不在病房，接着把我带到了小教堂旁边的一个屋子里。

我从没留意过这里，推开门，发现是一间很旧的小仓库，中间清出了一块空地，坐了一圈人。那个艾滋病病人就在其中，同时，我也看到了他身边坐着的托马斯。

我进来时，正有一个人在站着说话，看到我进门就停住了，托马斯马上站起身来想迎接我。我伸了伸手让他坐下，并且示意讲话的人继续。

屋子里很昏暗，莫名有一种让我紧张的氛围。讲话的男人和托马斯对视了一眼，似乎交换了什么意见，随后，男人再次开口，用颤抖的声音说了下去。

他讲述了他和艾滋病斗争的过程，如何患上艾滋病，如何在恐惧中一步步自我放弃，如何克服内心的恐惧服药，又是如何一步步过上正常人的生活。之后，其他人也一个个站了起来，依次讲述了自己和艾滋病的故事。

这间屋里所有的人都患有艾滋病，这是一个艾滋病互助会。

我没有听到托马斯的讲述，所有人都讲完后，托马斯站起来给除了我以外的所有人分发了药物。

他和所有人一块儿干杯，把杯子里的抗艾滋病药物一饮而尽，祝福彼此能回到正常的生活。

原来，托马斯之所以认识这么多稀奇古怪的病人，是因为他就属于病人群体，他是一个艾滋病病人。但我一直蒙在鼓里。

我控制不住地回忆，我和他握手的时候手上有没有伤口？我跟他一块儿吃过哪些东西？他如果想恶意传染我，会怎么做？

我知道我大概率是自己吓自己，但冷静下来后，我却坚定了一件事——我要和托马斯保持距离，我并不歧视艾滋病病人，可我讨厌欺骗我的人。

托马斯再来找我的时候，我一句闲聊的话也不说了，也没有和他解释为什么。

碰了几次壁以后，托马斯好像明白了。他在我晨跑的路上堵住了我，递给我一张血检的单子。单子上清楚地写着他的名字，检测时间为昨天，检测结果为艾滋病阴性。

我拿着检查单愣了许久，终于憋出一句话："你没有艾滋病，为什么要吃那个药？你是在装病人？

"你知不知道那个药对肝脏有多大的损害？你知不知道那可能要了你的命？"

我有过很多猜想，我猜可能这份证明是假的，我应该好好检查一下上面的签名。

也有可能托马斯确实不是艾滋病病人，他吃药就是为了骗补助，可能他就是为了这笔小钱不要命的人。

事实上都不是，托马斯非常温和地告诉我，他不是骗补助的人，他就是发补助的人。

他说，他的本职工作是两个国外基金会设立在布隆迪的负责人，两个基金会一个是和艾滋病相关的，一个是关爱妇女儿童身心健康的。

他主要负责帮基金会评判申请人是否符合领补助的资质，甚至主动去找到一些病人，为他们发放补助，帮他们联系医生，比如我。但是，在非洲推广艾滋病防治不是一件容易的事。

艾滋病在这里十分盛行，几乎可以和疟疾相提并论，但人们总是讳疾忌医，甚至有传言说艾滋病和避孕套是外国用来控制他们生育的手段。也有的人相信世界上有艾滋病，可是不相信抗艾滋病药物能有什么作用，于是就躺着等死。还有很多人知道艾滋病的恐怖，但没有钱买药，很快便死于并发症。

为了这些最边缘的人，托马斯决定冒充艾滋病病人，跟他们一起吃药，来证明这个药没有毒。

同时，他还要通过加入他们，打消他们的戒心，然后一点点给他们科普，要用避孕套，要谨慎生孩子，避免更多人被传染。

我目瞪口呆，好一会儿才问出一句："你这么拼，是不是工资很高啊？”

托马斯只是摇了摇头，说：“这是上天让我去做的，我必须要做好。”

我又问他，上天交代的任务，他完成得怎么样？托马斯毫不迟疑地回答说：“没有任何效果，全是白费力气。”

我没有看清他的表情，他只是冲我摆了摆手，随后扭头向医院的方向走去。

知道托马斯的真实身份后，我对他不只是信任，更多了一份尊重。但身边的护士都不是很支持我和他交往，总说他是“麻辣的（有病的）”，说的时候先是指指脑袋，然后还做个咳嗽的动作。她的意思是，托马斯脑子有问题，而且可能患有新型冠状病毒（以下简称为“新冠”）感染。

在布隆迪，大部分本地人不是很在意“新冠”，护士平时也不会提醒我，突然来这么一句，反而像是借防疫的名义，让我不要和这个人多来往。

托马斯这么好的人，怎么总有人在背后编派他？我不理解。很久以后，我才知道原因，如果我当时多问一句，如果我早点察觉托马斯的不对，是不是很多事就不会发生？

别人越阻拦我，我越是跟托马斯走得近。大部分时间我们在聊他新送来的病人，也会聊聊家庭。

他总是带着甜蜜的笑容，跟我说自己妻子小麦色的皮肤有多漂亮，还说她今晚做了拿手菜鹰嘴豆焗西红柿，盛情邀请我回国前一定要去吃吃看。

更多的时候是我这个新晋奶爸向他取经。他有4个孩子，两个儿子和两个女儿，育儿经验十分丰富，还总跟我盘算，他的儿子以后要上非洲五大湖区的大学，他的女儿要嫁给当地的名门望族。

那天，我和托马斯聊到我们医院新接诊的一个小男孩。男孩就诊的原因是发现胳膊抬不起来了，经过诊断，我们确认他的臂丛神经发生了严重损伤。

医生询问男孩才知道，不久前的一天，他独自待在家里，碰到劫匪来村子里抢劫。劫匪为了省事，直接把他双手捆到背后，先把他家洗劫一空，然后在村里大肆劫掠。

等到家人忙完农活回来，村里已经被洗劫一空，男孩的胳膊也废了。医生治不了这个病，他可能一辈子都干不了重活儿了。

我觉得心里很闷，托马斯只是若有所思地问我，在中国有这样的现象吗？我摇了摇头，于是托马斯羡慕地说："你们那儿的孩子真幸福。"

我被夸得有点不好意思，赶紧说，其实中国孩子也有不少压力，从小就要上补课班……

托马斯打断了我，问："谢医生，你有几个孩子？"

我回答说一个，我知道他肯定会问我为什么只有一个，干脆一股脑地解释道："我只有一个女儿，而且不打算再生，因为我的老婆很辛苦，她也是一名医生，我俩都需要忙工作。"

没想到托马斯一下变得很生气，他严厉地指责我"自私"。

他说，你要知道你来到这个世界上并不是为了自己"享乐"的，你需要创造更多的生命，让他们去体验这个世界，你不能剥夺他们生的权利，就像我有4个孩子……

这个说法在我看来荒诞至极，难道不顾家庭条件生一堆就对了？我反问他说："你的孩子都过得不错吗？"

托马斯突然沉默了。

桌上的氛围非常压抑，我们几乎要不欢而散，托马斯突然按着我非要我发一个誓："你要说，'一定要尽全力保护自己的妻子与孩子，预防不幸的发生。即使双手被折断，也要咬下那些畜生的耳朵'。"

我觉得这个誓言既莫名其妙又血腥，法治社会了，还搞以牙还牙那一套，谁要伤害我的妻子和孩子了？

但托马斯非要我这么说，他的神情十分认真，甚至有种压迫感。我不由自主地被他压倒了，跟着他发了这个誓。

托马斯看着我，好像有些欣慰，又有些难过。那时候的我并不明白，这个眼神意味着什么。

这场争执后不久，托马斯又像没事人一样来医院找我，约我去他开的酒吧做客。我很高兴他没有跟我生气，同时也有点意外，他竟然有个酒吧！我看他平时生活都挺简朴的，还以为他是那种为了公益事业奉献终生的人呢！

托马斯让我叫上医疗队其他人，但我犹豫很久，还是没叫别人，毕竟在我队友的眼中，托马斯还是个盗窃团伙的“踩点人员”。

结果，我一个人走到酒吧门口时，听到里面竟然在放邓丽君的《甜蜜蜜》。托马斯真是用心了，可惜我和我的朋友们有点辜负他。果然，见到我独自赴约，托马斯露出了些许失望的表情。我想宽慰他来日方长，我们总会慢慢消除误会的，但托马斯只是拍了拍我，不介意似的继续喝酒跳舞。

托马斯那天特别开心，醉醺醺地跳了一种非洲女性才跳的舞蹈，还强行合上了《甜蜜蜜》的节拍，动作甚至有点妖娆。

他搂着我说了一些奇怪的话，比如“你需要对我有个新的认识，我不是你想的那样”。他还说，你我也最终都要走向新的人生，不管你愿不愿意。

这句话好像在和我告别一样。我问托马斯，你要离开基特加吗？托马斯没有回答我，只是继续喝酒。喝到后半场，他晕晕乎乎地去了厕所，还倔强地拒绝了来帮忙的服务员。

他去了很久都没回来，我估计他醉倒了，并且已经在那儿休息了，毕竟这是他的酒吧。我也收拾东西准备离开。就在我走到门口的时候，一个穿着皮夹克的服务员拦住了我。他告诉我，今晚我们消费了 100 美元，托马斯还打包带走了价值 200 美元的洋酒，全都要由我付。而且他跟酒吧半毛钱关系都没有。

我又被这家伙给骗了！

我身上根本掏不出这么多钱来，也联系不上托马斯，只能把医疗队队长请来解围。

接下来的几天，我怎么也找不到托马斯。虽然我一直说要去他家吃他妻子做的鹰嘴豆，但从来不知道他的家庭住址，他的电话也打不通了。

医院里的人都表示我的遭遇是意料之中，早说这个人精神不太正常，而且是个骗子，谁让我不听劝！

我又是生气又是失望，干脆报了警，想让警察把托马斯找出来。在警察局做笔录时，警察听到托马斯带走了 200 美元的洋酒，脸上竟然露出了羡慕的表情。

他们很敷衍地告诉我，不要指望能找到这个人，因为托马斯是他们那里有名的混蛋。

他们说，托马斯有很多案底，打架、斗殴，甚至小偷小摸。他是两个基金会的负责人没错，但基金会早就撤出布隆迪了，不知道他现在究竟在为谁工作。而且他不一定会回到基特加，因为他在这边根本没有妻子和孩子，他是一个鳏夫。

托马斯怎么会是个鳏夫？

之前我和他没少聊家庭，他每次讲到自己的妻子和孩子都非常自然，甚至甜蜜。

他常跟我说起他的4个孩子，说他有两个儿子、两个女儿，大儿子读高中，以后要学法律，两个女儿以后要学农学。

他甚至会跟我说，今天妻子又做了什么菜，他得早点回家。我顺口说今晚去你家吃饭啊，他也会一口答应。

难道这也是假的？

我突然心里有点发毛，护士们总说托马斯“精神有问题”，他会不会是个疯子，一直生活在有妻子和孩子的幻想中？

他到底是怎么疯的？他的妻子和孩子是怎么去世的？我一再追问，可是警察什么都不肯说，只是催着让我指认托马斯。我犹豫了。

我还记得，在他带着艾滋病检验报告来找我的那天，我们一起晨跑了一次。在晨跑的路上碰见他，简直是双重的烦恼，那时我还觉得他是个彻头彻尾的骗子，不愿意见到他。同时我又特别讨厌跑步，只是为了健康逼着自己跑。

我语气很差地问托马斯要干什么。他挂着那副招牌的笑容，对我说跑步不是这样的。

他示意我跟在他后面，然后慢慢地跑，一边跑，一边给我指路边的花花草草。

顺着他的目光，我看见了隐藏在灌木丛中的大丽花、非洲菊、向日葵，看到了一树的鸟窝，甚至可以看见鸟窝中嗷嗷待哺的幼鸟那期待的眼神，当然还有一路上人们友善的微笑与挥手。

我莫名地觉得，身份可能是假的，经历可能是假的，可是在那短短的一段路上，他注视着风景的温柔目光不可能是假的。

我实在不敢相信那样的他，是一个人人唾弃的骗子。

我在最终签字的时候溜走了，放弃了通缉托马斯。

我仍然一次一次地跑去艾滋病互助会常去的那个小仓库，想找他。

后来，连队友和护士们都不再嘲笑我了，而是安慰我，为了那点钱不值得。

我只是点点头，没有向他们解释，我不是为了那点钱，而是为了一个朋友和他身上的秘密。

我总觉得，托马斯最后坑我一次，不像是为了这笔钱，反而像是为了隐瞒什么，想要把我甩开。

两个月后，我在给基特加省监狱犯人做体检的时候，在排队的犯人中意外地看到了托马斯。狱警告诉我，这家伙是因为“冲撞了军阀的车驾”进来的。

据说，那天本来是布隆迪的高官出行，道路旁都插满了非洲特产的旅行家树的叶子，用于庆祝。

结果托马斯好像是喝醉了酒，莫名其妙地跑去把叶子拔了。因为不尊重军阀，他被抓进了监狱。之前，他也经常打架斗殴，但就是进过警察局，还从没正式进过监狱。

托马斯瘦了很多，满脸淤青，连牙都掉了好几颗，看来这几个月他在监狱里遇到了很多事。

没顾得上打听发生了什么，我连忙问他需不需要保释，我可以帮他出钱。

托马斯回答我说不用。顶着一脸的伤，他看起来却特别高兴，煞有介事地跟我说，谢医生，我已经找到了我一直该做的事，你不用担心我。

我想起他和我的告别，觉得有些不对劲，可是什么都问不出来。

我只能借医生的名义敲打了一下狱警，让他们留意着别再让人欺负托马斯，否则我可能报给他们的上级。

没想到，就在一周后，我突然收到了监狱的急诊求助，说有个罪犯的耳朵被人咬了下来。

我被急匆匆地接到监狱里做缝合手术，慌乱中问狱警，耳朵哪儿去了？狱警没好气地说，就在你那个“朋友”的肚子里呢。

是托马斯咬掉了这个人的耳朵？我看着那人捂着流血的耳朵满地打滚，一下有点瘆得慌。

这就是他说的他该做的事？他抛下所有，处心积虑进了监狱，就是为了咬掉这个人的耳朵吗？

简单的缝合与止血手术后，我偷偷塞给了那个狱警 50 美元及一根香烟，想询问一下托马斯的现状和他可能遭受到的惩罚。

狱警点上了烟，深吸一口。他用一根烟的时间，告诉了我这个故事最后的真相。

狱警告诉我，在很久以前，托马斯确实是个了不起的家伙。

他学历很高，曾经是另一个省的人社部官员，负责社会福利等事宜。

曾经他出行都有护卫队，手上负责不止两个基金会，家里也确实有一个貌美如花的妻子、4 个孩子，其中两个儿子、两个女儿。但这一切都被他自己给毁了。

由于政见上的不合——这一段狱警说得非常模糊——托马斯被赶出了政界。

就在这件事前后，他们全家遭遇了一场蹊跷的车祸，除了他以外的 5 个人全部丧生。

我不知道托马斯在职的时候是一个什么样的官员，又因为什么遭遇了报复。

我努力回忆托马斯和“人社部官员”的一点点共同之处，只想起来那时候我们偶尔会聊起一些新闻。

托马斯跟我讲过一件事，说是当时布隆迪有个护士在网上吐槽护士和医生的待遇太差，结果第二天就消失了，据说是被抓了。

他唠唠叨叨地说，觉得这样解决问题不对，还说如果是他的话，会搜集更多人的意见，一起发出来，而不是只让一只出头鸟挨收拾。

后来我才发现，这样的愤世嫉俗，正是托马斯被我的护士和其他本地人背后议论的原因。

他们觉得他愤世嫉俗，异想天开，惹是生非，我甚至听到他们背后说他崇洋媚外，是“外国人的奴隶”。

可能是因为布隆迪混乱了太久，大多数普通人什么都做不了，所以他们反而非常讨厌总是讨论政治的人。

就在我们来布隆迪的时候，布隆迪的首都布琼布拉就发生了一起恐怖袭击。傍晚时分，恐怖分子分别在人流最多的汽车站、广场、市场扔了炸弹。

在首都的同事们参与了对伤者的抢救，冒着再次遇袭的风险从现场接人，带到医院抢救了整整一夜。

但医生并不是万能的，最终还是有很多受害者伤重不治而亡，以致最后医院门口都摆满了存放遗体的临时帐篷。

在那之后不久，我们所在的城市基特加也遇到了一次恐怖袭击。恐怖分子在城郊公路上截下了 3 辆小巴，杀死了车上的所有乘客，最后还把 3 辆车烧了个精光。

据说，他们可能是为了找一个搭乘小巴的军人。

那次恐怖袭击没有幸存者，我们没有参与救助，但就在第二天，我在医院里见到了一个眼角被子弹擦伤的孩子。送他来的人说，他也是遇到了恐怖袭击，被误伤了。

看着孩子捂着右眼，纱布已被鲜血渗透，那是我第一次感觉到了恐惧，一种来自死亡的恐惧。

还有那个被强暴的女孩，那些没钱治病的孩子，那些只会开玩笑和索要贿赂的警察，那个甚至不能允许别人摘走树叶的军阀……

布隆迪把所有人变成了这样。

在这个布隆迪，所有人都只想保护自己。就连我刚认识托马斯的时候，也特别不想招惹他，我只想躲事，过好太平日子，不想做任何改变。

护士说他脑子有病，警察嘲笑他，本地医生对他敬而远之，就连他帮助的那些病人，我也从没看过谁回来报答他。

为了那些甚至记不住他名字的艾滋病病人、强奸家暴受害者……他到底付出了什么？

我还记得托马斯跟我说过，他的 4 个孩子，两个是儿子，两个是女儿。

大儿子非常壮实，比他还要高，虽然成绩不太好，但他是他们高中手球队和篮球队的明星。说话的时候，他还做了个投球的动作。

他说他儿子肯定会被非洲五大湖区大学的手球队看上的，这样就能破格进入非洲五大湖区大学。

另一个儿子不太好动，但脑子特别聪明，上学的时候比别人多学了一门西班牙语，以后肯定是要出国的，再不济也要在学校当老师。

他还说，他想让女儿学农学，儿子学法律。

我当时觉得很奇怪，问他学农学多辛苦，为什么要让女儿去学？

他说照顾庄稼要细心，适合女孩；而学法律最后要参与政治，这在非洲是很凶险的事，只能男孩去做。

我不知道那一刻，他有没有想起自己眼睁睁看着妻子和 4 个孩子死去时的心情。

我不知道他是真的疯了，忘记了，还是在欺骗自己。

来到基特加的时候，他一无所有，权力、金钱、家庭，什么都没有，只有两个基金会，一个帮助艾滋病病人，一个帮助受侵害的妇女、儿童。

他在失去一切的时候，只记得这两个基金会，记得那些根本不会记住他的人。

他仍然活着，每天为病人们忙碌，吃根本不用吃的抗艾滋病药物，热情甚至不失玩心地戏弄新来的中国医生，又在听到我们说起中国的种种制度时，露出羡慕的神情。

这样的日子，大概就在我们聊起孩子的那天结束了。

我质问他："你的孩子都过得不错吗？"

托马斯呆呆地看着我，好像突然从一场大梦中醒来。接着，他逼我发了誓，然后编造了一个拙劣的谎言，用 300 美元，从我面前、从所有人面前消失，孤身一个人进了监狱。

狱警说，现在被咬掉了耳朵在床上打滚的这个人，据说就是当年托马斯的政敌，也很有可能是车祸的主谋之一。

当年，在托马斯被赶走后不久，他的政敌们很快也在一次政变中被捕，全都进了监狱，托马斯不可能在外面找到他们。

所以他进了监狱，潜伏了几个月，挨了几个月的打，最后狠狠咬下了仇人的耳朵——只为保护自己的妻子和孩子，不让悲剧发生。即使双手被折断，也要咬下那些畜生的耳朵——这是这句话的意思。他没有骗我，从头到尾都没有。

烟抽完了，狱警赶我走，说托马斯因为不服从管理袭击他人，要被关禁闭，我现在见不了他。

再后来我还提出过很多次探监，但由于外国人的身份，一直没有得到批准。

我只能等着下一次体检，等着下一次见到托马斯，我还有很多问题想问他。但这一次，我没有等到答案。

就在我离开监狱后不久，监狱突然发生了火灾，火光之凶，连在城市另一端的我们都能看见。

当地政府没有允许我们这些外籍医生去参加救援，他们说这是国家内部机密。

据说，那场大火死了很多人；据说，大火只是线路老化所导致的。

监狱的火灭了，铁门重建起来，我们再一次去给犯人做体检。但这次，我没有再见到那个既是朋友又是骗子的托马斯。

我不知道他是否还活着，也许只是被转移到另一个监狱。也许他已经出狱，又在另一个地方挺着他的大肚子招摇撞骗。

在我们还是朋友的那段时间里，我们常在咖啡馆碰见。我在靠近花坛的位置写点自己的东西，而托马斯则常坐在靠近吧台的位置，也在对着一堆纸写字。

有一次我终于忍不住问他在写什么，他才告诉我，他在写“遇到你以后的故事”。

那些纸上密密麻麻全是我看不懂的文字，我想让他翻译给我听或是给我拍张照，他居然很害羞地挡着不让。

直到今天，我也不知道他是怎样记录我这个朋友的。

我也不知道，他是否相信，我没有骗他，我是真心把他当朋友的。我给他的电话号码，至今还在用，随时都能打通。

我等他再给我打电话，不论何时。

一副助听器

我还记得，2021 年 7 月的那个下午，我坐了足足 3 个小时的车，手里紧紧抓着一袋面包。路面颠簸，尘土飞扬，天气又很热，我胃里一直翻江倒海。那是我作为中国青海援非医生到非洲的第 4 个月，也是我到非洲以后，第一次离开首都，前往乡村义诊。我带了很多面包，想捐给那里的孩子。

颠簸了 5 个小时后，我终于把面包送到了第一个孩子的手上。还没等到那孩子走出队伍，人群就把他包围了。人们从他手里抠面包。我想阻止，但很快自己也被排队的人包围，动弹不得。同事告诉我把面包掰碎，不要再给他们一整条，让领到的人在走出队伍前直接吃掉，只能这样。

这种状况一直持续到傍晚，物资发完后，还有人在车前张望着不肯离去。我站在原地发愣，这时有个小男孩哭着走过来拽住我的袖子。他的右手上有一个指甲大的鲜红伤口，鲜血混着泥土往下流，左手拿着一只已经被拉断的拖鞋往我眼前递。

我认出来那是我们刚刚发放给小孩的拖鞋。大概是有人跟这孩子抢拖鞋，硬生生抠掉了他一块肉。我顺着他的手指看向了疑似“凶手”的几个年轻男人，正好对上他们的眼神。他们还在看着我们，看着医疗车。那眼神像没有吃饱的野兽。

我头皮麻了一下。这是我第一次感受到这片大陆上原始而血腥的资源争夺。也是在这一刻，我才意识到两个月之前，自己做的那件事到底有多傻——两个月前，我放出了一个消息——我，一名中国医生，带来了一副助听器，打算捐赠给这里的失聪者。免费捐赠，只有一副，先到先得。

助听器在布隆迪有多罕见呢？简单来说，作为一名耳鼻喉科医生，在援非的两年间，我没有再见过第二副。

最开始，我还天真地以为，这只是一件好心的小事。

第一个知道这件事的是我的本地护士玛丽。当时，我一边问诊，一边闲聊似的问她，能不能帮我找一个有点聋但又不要太聋、最好还是后天失聪的病人，我想捐副助听器。

玛丽一脸茫然地问我：“助听器是什么？”

我震惊地发现，这里的人竟然不知道助听器这个东西的存在。他们一直以为失聪就像腿断了一样，是没得治的。

我告诉玛丽："听力可以改善，只要戴一副助听器。这东西我手上正好有一副，在中国的时候从病人手上买的，是二手的，品相不好，但也能用。我带来就是为了帮一帮有需要的人，不要钱，白送。"

玛丽越听脸上笑容越大，抓着我的手连声说谢谢，接着扭头就跑了出去，把诊室里的病人都撂下了。没两分钟，她带着一群医院的工作人员回到诊室，正在看病的病人也被请了出去。

一个拿着本子的人一边记录，一边问我："一共几副助听器，为什么没有和物资一起捐赠？"

我说就一副，而且是我个人的东西。

他点了点头，重复追问道："那请报一下型号和数量。"

我立马意识到他要做什么。一起援非的眼科大夫跟我说过，不要轻易相信所谓的"捐赠"。上回他碰到过一个失明需要做晶状体移植的病人，布隆迪没有晶状体，眼科大夫自己联系国内要到了一份国家捐助的晶状体。但因为这份晶状体直接捐给了医院，病人申请手术的时候，需要为晶状体支付费用。因为付不起钱，这个病人最终还是没做移植手术。

我带助听器来是想帮助买不起的穷人，也不像晶状体要做手术植入，不需要通过医院。

我装作很为难的样子说，这个没有办法交给你们，因为它是二手货，甚至连包装都没有，我觉得它不符合捐赠给院方的条件。

果然，听我这么一说，那几个人互相耸了耸肩，头也不回地走出了诊室。

有了这次经历，我不太放心医院会帮我找一个真正需要的病人接受捐赠，于是又准备了第二个计划。我私下找到了我的朋友托马斯。

托马斯常常以抗艾滋病和妇女、儿童保护两个基金会的名义，资助各种看不起病的穷人来医院看病。虽然我俩经常拌嘴，但我打心眼里认同他是个富有同情心的好人。

得知自己是第二个知道消息的人，托马斯有点沮丧。他半开玩笑地问我，真的不打算卖吗？他能帮我找到“出得起价”的人。

我咽了咽口水，还是坚持无偿捐赠，只有一个原则，就是“公平”。托马斯若有所思地看了我一眼。没想到，正是这个计划，把我卷入了旋涡。

没过几天，一辆“敞篷跑车”在整条街人们的注视下开进了医院。这是一辆掀掉了顶棚的普通轿车，车的前排坐着一个穿黑西服的人，后座坐着一个20来岁的年轻人，梳大背头、穿着黄色西服，是那种刺眼的鲜黄。整套行头彰显着两个字："土豪"。

我万万没想到，这位年轻"土豪"竟然跟我进了诊室，一屁股坐在了病人的凳子上。我问他干什么，他也不回答，自顾自地拿了我桌上的纸笔，在纸上写了"亚布查"这个名字。还要再写下去的时候，跟着他的穿黑西服的男人突然伸手盖住了纸。年轻"土豪"看了穿黑西服的男人一眼，默默地把笔递给他。

我被他们搞得一头雾水，穿黑西服的男人这时才清了清嗓子，派头十足地向我介绍，我面前的这位年轻人是某大将军的遗孤——亚布查先生。功勋卓越的大将军在几年前遇到炸弹袭击，全家罹难，唯一幸存的次子亚布查也失去了听力和语言能力。他们得到消息，我这里有能帮助亚布查的东西，今天特意来"取"。

我问穿黑西服的男人是谁介绍他们来的？他用手语问了亚布查几句，转头对我说："向我们介绍您的是医导托马斯，他说您是位医术高超且富有同情心的中国医生。"

我本以为按托马斯的性格，会给我介绍一个穷孩子，没想到竟然找了个军阀公子？

我拿着电光源耳镜，准备检查一下这位公子，却被穿黑西服的男人拦住了。他说要检查得先经过亚布查的允许，而且在此之前还要查一下我的耳镜，以免有危险。我真的想推开门把这俩"特权"踹出去。

我把耳镜递给了穿黑西服的男人，他装模作样地摆弄了一会儿，可能也是觉得露怯了，又板起了脸教训我，说我的捐赠与否将会影响到两国邦交，这是他们对我的考验。

考验？只有党和人民才能考验我，我不远万里来这儿让你俩考验来了？我本来都掏出了助听器准备给亚布查试戴，这下转身就锁进了柜子里。

穿黑西服的男人目瞪口呆，转头跟亚布查快速地比画着什么。我知道肯定是在骂我，因为他俩看我的眼神凶极了。这时，我的护士玛丽开完会回来了。我把诊室里发生的一切告诉了她，并且坚决表示我不想把助听器送给这位将军的遗孤。

我的东西不送给我不喜欢的人，身为一名中国援非医生，这点权利应该有吧？

护士玛丽是本地人，我本以为她会劝我，又或者去找院方领导来调和此事，没想到她看了对方一眼，立马拍案而起痛斥他俩，说再不滚出诊室她就要报警。两人灰溜溜走后，护士玛丽才告诉我，这俩人根本就是骗子。确实有这个将军，但将军死的时候很年轻，根本没有子嗣。她还愤愤地说，在布隆迪诈骗外国人可能没什么，但要是敢侮辱军官，那肯定是要下地狱的。

不一会儿药房主任也过来了，身后还跟着院长。他们是赶来建议我将助听器交给院方保管，以防这类事情再次发生。我婉拒了他们，但其实心里已经有点发慌，没想到有人搞这么大阵仗就为了骗我。

紧张的情绪甚至让我忽视了一个问题——亚布查的病情是真的。他确实听不见、说不出。他曾经试图给我写些什么，却被穿黑西服的男人打断了。当时我并不知道，我错过了一个孩子的呼救。

更让我头疼的是另一件事——助听器的第二个候选人。

这个病人到来之前，先来的是药房主任和两名保洁。要知道在这家医院，我半年请不动一次保洁打扫我的诊室，这天竟然一来就是两个，打扫了足足 40 分钟。先是几桶清水浇地清除浮尘，然后是肥皂水浇地，接着用小刷子一寸一寸地将地板刷净，最后再跪着拿抹布把水擦干。打扫完以后，护士玛丽把排队的病人都赶了出去，告诉我有个病人要插队。

我在座位上等得都无聊了，跟玛丽闲聊："是总统要来吗？还是什么非常大的官？"

她只是耸耸肩，并没有向我说什么。10 分钟后，门被一行三人推开了，一个十三四岁的娃娃脸男孩，两个妇女。三人穿的都是当地传统服饰，身上衣服十分朴素，还打着补丁。但仔细一看，朴素的衣服上一点泥都没有，就连补丁都像是刻意缝上去的装饰，针脚十分漂亮。

进门后男孩看了一眼其中一个女人，女人立刻把头顶的篮子放下，走到他跟前，好像听候他吩咐的样子。男孩不耐烦地问她："要多久？我们需要待多久？"女人回答说不会很久，但男孩像没听到似的又问了一遍。这次女人蹲到男孩面前，摘下口罩又重复了一遍，似乎是为了让男孩看清她的嘴形。这个孩子聋但不哑，大概率是后天失聪。

女人告诉我，男孩叫丹尼，她是这个男孩的母亲，他们已经经过医院层层筛选，是符合助听器捐赠条件的病人。

我打算自己再检查一遍。但还没拿起耳镜，丹尼就语气很冲地命令我先消毒。他这是看不上我的耳镜吗？我把刚擦过的耳镜又擦了一遍，将将搭上孩子的耳朵，又被迅速推开了。丹尼恶狠狠地问了母亲一句"我可以走了吧"，自顾自地就跳下凳子出了门。我压根都没开始检查，女人也被孩子气得直擦眼泪。

看氛围不好，我主动跟女人搭话，问这孩子听力下降的原因和时间。女人说，她儿子是因为 4 年前一次发烧没钱看病，落下了耳聋的毛病，而且脾气也变坏了。她一边哭着说都是她的错，一边弯下腰打开了她带来的篮子，里面是满满的一筐鸡蛋。

我有些感动。对于男孩的冒犯，我倒没有非常生气，因为听力下降的影响之一就是脾气变坏，这反而说明了男孩的失聪不是装的，他可能就是我要找的那个人。

我正要打开柜子取出助听器，诊室的门突然被踹开了，托马斯冲了进来。

消失多日的托马斯像一个复仇使者一样出现，指着丹尼的母亲大声数落："你们为什么要冒充穷人？明明那么有钱，还要像水蛭一样，榨取穷人最后的一点儿血！"

现场一片混乱，护士玛丽在一旁大声地向托马斯喊着"Stop"，想把他推出诊室，警告他再闹会叫警察。看到玛丽的反应，我一下就懂了，她和丹尼有勾当。这个丹尼恐怕才是真正的权贵。他打听到我的脾气，故意打扮得很朴素，投我所好，还让我身边的保洁、护士都神不知鬼不觉地为他铺路。

护士玛丽被我识破后，反而指责我说，丹尼确实有钱，但他之所以装穷，不就是因为你的捐赠会倾向弱势群体吗？"他们害怕遭受不公平的对待"。

托马斯则让我不要听玛丽胡言乱语，他给我介绍的第一个病人亚布查才是真正的穷人、可怜人。想想那个孩子受过多少歧视，才会以为助听器只有富人才能拿到，花半年积蓄租车来演戏！

富人卖惨是为了公平，穷人装阔也是为了公平，我彻底被搞晕了。

我把两个"后援团"叫到了一起，郑重其事地警告他们，别搞花样了，我必须知道听力下降的真实原因，这关乎助听器能否有效，谁先说我就给谁。

消息放出去后的第二天，富孩子丹尼就赶到了医院。打开门看到是他的时候，我心里轻轻叹了一口气。

这次他穿着正常的衣服，不至于打着补丁，但也没有很奢华，一张娃娃脸显得更稚气了。跟着他的是家里的女佣，女佣告诉我，丹尼的妈妈“没有得到出门允许”，所以不在。

丹尼很配合地让我检查了耳朵，我清晰地看到了他鼓膜上很大的一块钙化斑。我的手机放着一首轻音乐，丹尼毫无反应。

我向丹尼询问听力下降的真实原因，他板着脸想了一会儿，突然绷不住，眼泪掉了下来。他说，他是被爸爸打聋的。

他毫不掩饰地告诉我，他那身居高位的父亲是一个彻头彻尾的烂人，在外风光，在家殴打妻子。4 年前，丹尼为了保护母亲，被父亲狠狠地扇了一耳光，从此听力就很模糊。

丹尼告诉我，上次他扮成穷人，也是父亲要求的。他不愿意骗人，所以全程一直臭着脸，故意不配合。

我问丹尼：“你恢复听力后想去做什么？”

丹尼毫不犹豫地说：“想听见妈妈在说什么。”他说，自从他失聪后，晚上路过妈妈的房间时经常会看见妈妈在流泪，嘴唇翕动，可是他听不清，问妈妈，妈妈也不说。他想知道妈妈为什么难过。

丹尼说话时，我换了一首更劲爆的音乐，开得很大声，丹尼看向了我的手机，问了一句，为什么那手机那么吵。我心里大概有数了，丹尼的听力大概在 70 分贝，而且出现了不辨字的情况。粗略判断下，他是可以用这个助听器的。

如果按照承诺，我应该把助听器给丹尼，一切到此为止。但穷孩子亚布查还没有来过。丹尼的故事是很动人，但亚布查呢？他甚至没有机会为自己辩解。我心里有一个声音在问：这会不会太不公平？

我没有当场把助听器给丹尼，丹尼也没有催促我，检查结束后就彬彬有礼地告别了。但之后几天，他的故事仍然一直在我耳边回荡——这不是修辞手法，是真的有很多人在我耳边反复提到丹尼。

有神父穿着笔挺的西服，专门来告诉我丹尼是多么虔诚。还有一些老头、老太太，会在我下班时叫住我，告诉我丹尼是如何帮助腿脚不方便的他们。甚至有一些孩童在我的诊室外念儿歌，大概内容是品学兼优的丹尼是如何帮助他们战胜霸凌的。

护士、主任、院长也会时不时地来我这里串门，二句话不离丹尼这个孩子的过人之处。见我不为所动，他们甚至直截了当地问我，是不是变了主意想卖，让我开价，多少都行。

这天，医导托马斯在我经常喝饮料的商店截住了我。他问我是不是打算把助听器给这个富孩子了。如果这样的话，他就告诉穷孩子亚布查别来了，毕竟来一趟的费用对他来说也是负担。

我反问托马斯，是不是觉得我应该将助听器给你介绍的那个亚布查。

托马斯看了看我，摇了摇头说算了，“你顶着的压力太大了”，说完还拿起我的可乐，自顾自地喝了起来。

我的火立马就起来了，搞得我好像把助听器给丹尼就是屈服于权贵一样！我郑重地说：“助听器并不是看谁可怜、看谁贫穷才给谁，而是要看是否适合他，如果亚布查比丹尼更适合，我肯定会给他，没有人能给我压力！”甩下这句话后，我指着托马斯喝过一口的那半瓶可乐，向老板示意钱由托马斯付。

其实我心里知道，富孩子丹尼已经很符合需求了，穷孩子亚布查要怎么能“更”符合呢？我甚至有些不知道自己在等什么。我跟亚布查只有一面之缘，对他压根没有什么好印象。只是托马斯说的一句话一直扎在我心里。他说，穷孩子表现得越咄咄逼人，意味着他们越绝望。

我的拖延显然引起了丹尼或者他的权贵父亲的警惕。在接下来的几天里，每天都会有许多人来排队，声称自己失聪，需要助听器。护士玛丽一反之前三天打鱼两天晒网的工作态度，一本正经地记录每一个病人的信息。药房主任每天都来维持队伍的秩序。下班前，院方的人都会跑来问我有没有在这些人中选出合适的病人。

医导托马斯让我不要相信这些手段。他给我看了一些偷拍的照片，是这些人坐在同一辆大卡车上，还有在另外一个地方排队领薪水。他们是被人雇来冒充病人的，出钱的大概率就是丹尼家，他们希望我一时疏忽把助听器丢给其中某一位，他们就能渔翁得利。我说我还不至于被这种小把戏欺骗。

又过了几天，我的诊室直接被盗了。准确地说，是只有我放助听器的柜子被撬开了。但因为很久前我就害怕出现这种情况，将助听器拿回了驻地，那柜子原本就是空的。什么也没偷到的小贼似乎对我彻底失去了耐心，在墙上用鲜红的漆喷上了几排大字："杀人犯""骗子"。院方叫来的警察被我打发走了。院方再一次"建议"我说，要么赶紧完成捐赠，要么将助听器托付给他们。

终于，在诊室被盗的第二天，我等到了穷孩子亚布查。

这回，亚布查穿着很朴素，也没有再喷那种熏人的香水，默默地跟在一个男人身后走进了诊室。领着他的男人也就是上次代他说话的那个穿黑西服的男人，原来，这人是亚布查的叔叔。亚布查的父亲很早就去世了，叔叔是他的监护人。

叔叔用夸张的语气说，亚布查是天才。亚布查 3 岁时就失聪了，因为一场大病。老天夺走了他的听力，却赋予了他更罕见的天赋。作为一个聋哑人，亚布查仅靠教会学校里半搭子的特殊教育，就学会了英语。接着直接进入了常规学校，一路成绩优异，甚至考上了高中。布隆迪没有大学，考上高中已经相当于中国国内高考前 10%，甚至布隆迪是没有残疾人特殊考试的，亚布查相当于用一条断腿跑进了全国前 10%。

我脑子里不合时宜地闪过一句话：富人靠科技，穷人靠变异。但实际上，我接诊过那么多聋哑人，很清楚聋哑人在一般学校学习不可能靠的是“天赋”，就像你很难说一个没有腿的人踢足球有天赋一样。亚布查就算再有天赋，也得付出普通人难以想象的毅力，去模仿、理解一套完全不属于他的东西。

我试图向亚布查传达我的敬佩，但他只是紧张地看着叔叔，并不搭理我。叔叔告诉我，亚布查比较怕生。毕竟他除了读书，几乎什么都没操心过。

他们家并不富裕，但自从他们发现了亚布查的天赋，可以说是举全家之力在培养亚布查。叔叔甚至让他自己的亲生孩子早早停止学业，为亚布查省出学费。他作为一家之主，专门学了手语与自家的“神童”交流。而亚布查也没有辜负他们的期待。高中毕业后，亚布查引起了埃塞俄比亚的一所大学的注意，对方愿意破格录取他，提供全额奖学金，唯一的要求就是亚布查能够“进行无障碍沟通”。

在布隆迪出国留学原本是贵族的特权。但只要得到这副助听器，亚布查就能成为大学生，亚布查乃至他们全家，都能打破这条贫穷的锁链。

说到那理想的未来，叔叔几乎手舞足蹈起来，以致没有注意到，亚布查从头到尾没有回头去看那个大声放着音乐的手机。我的猜测没有错，亚布查的残余听力恐怕在 90 分贝以上，助听器对他根本没有用。

叔叔越描述他们一家为了“神童”亚布查付出了多少，我心里越忐忑，他们能否接受亚布查用不了助听器这个事实。

我让护士玛丽先去库房拿一下我的电耳镜的电池，玛丽非常警惕地看着我。我向她保证她不在时我不会将助听器给任何人，她这才匆匆离去。支走护士后，我快速检查了亚布查的耳朵，肉眼所见的情况基本符合他们说的病史，也符合我的判断。

接着，我问了亚布查和他叔叔一个问题：“昨天诊室的失窃，是你们干的吗？”

亚布查的叔叔明显有些惊讶，连忙发誓，他和他的侄子绝对没有干。

这时，亚布查看了看他，又看了看我，突然站起身跑去打开了柜子，看了一眼，接着朝叔叔摇了摇头。我和他的叔叔都愣住了。

最开始我以为亚布查摇头是劝他的叔叔不要撒谎，紧跟着我才想起，亚布查是聋人，根本听不见我们说话。

他就是发现我们在聊柜子，就跑去打开了，摇头的意思是告诉叔叔柜子里没东西。很可能叔叔跟他说过，柜子里有他们想要的东西。就像小孩看见人家家里有吃的，伸手就拿，全然不顾我正坐在这里。可是他已经27岁了，这完全不是“不善交际”能形容的吧!

亚布查的叔叔沉默片刻，艰难地解释着：“昨晚是我一个人来的，亚布查并没有来……”

看到叔叔的难堪，亚布查像个犯错的孩子一样躲到了叔叔身后，把脸埋到了叔叔的肩膀下。我看着亚布查紧张的神情，突然明白了他一直以来给我的割裂感。

除了第一次见面时在纸上写自己的名字以外，亚布查从未主动和我交流，无论是语言还是眼神。他有点像一个高功能孤独症病人，头脑天才，但社会功能就像个孩子。可能是因为失声无法与外界交流，也可能是因为家人完全包办了他的生活，让他只管读书。虽然在某些方面他是个“神童”，可是我却觉得他有些可怜。

助听器帮不了他。一个新的计划在我脑中渐渐成形。我告诉亚布查先回去等信儿。接着，我放出了一个消息，想得到助听器，必须要先找一名专业的听力师，做一个听力图测试，拿来给我看。

我没撒谎，在国内正规流程确实需要听力图。之前我没提过这件事，是因为我不知道布隆迪哪里有听力师，同时我担心这会把穷孩子拒之门外。

两周后，如我所料，富孩子丹尼率先带来了一份非常正规的听力图，听力师在上面用本地语写下了建议：建议佩戴助听器改善听力。

我向丹尼要来了听力师的电话和地址，随后如约将助听器进行微调，送给了丹尼。诊室里很沉默，和我最开始设想的捐出一件东西皆大欢喜的样了不同，丹尼并没有表现出感激涕零的样子，反而像我硬塞给他的一样。

送走了富孩子丹尼，我对护士玛丽说：“你们已经如愿了，现在能不能帮我一个忙？不要把这个消息传出去。”看着她不解的样子，我解释道，“我可能还要处理一下亚布查这边的事情。”

我本打算去找亚布查，没想到他们先我一步，突然来到了我的诊室。亚布查的叔叔一来就慷慨激昂地向我讲述着，亚布查将要去的那所大学有多么伟大，亚布查的命运多么艰辛，他们一家人多么含辛茹苦地互相扶持。

我有点猜到他们是来干什么的了，于是问他们是不是做了听力图。亚布查的叔叔一开始假装没听见，我重复了好几遍，他才不情不愿地拿出了一张纸。

那与其说是听力图，还不如说是一张画。没有坐标、没有数值，只有大概的形状，和富孩子丹尼交给我的一模一样，连那句"建议佩戴助听器改善听力"的话都在。很明显，我的诊室里有内鬼，可能又是医导托马斯或者谁，见过那张图之后，"默写"给了亚布查他们。

其实，他们根本不用这样做，我要来听力师的联系方式，本来就是为了给他们的。我知道他们做不到，想帮他们，他们却三番五次地骗我。

我当场戳穿了亚布查的叔叔。我说："我告诉过你们，助听器使用是需要符合要求、需要医生调试的。你们有没有想过，如果真偷到、骗到了助听器，亚布查用得了吗？"

亚布查的叔叔赔着笑对我说："上大学对亚布查难道不是好事吗？"他的意思是，就算亚布查实际上听不见，又怎么样呢？能上大学就行了。

我有一瞬间真想发火，质问他们："你们对亚布查现在的社会能力心里没数吗？他一个人去埃塞俄比亚，听不见、说不出、无法交流，你们想过他的处境没有？他原本就不是什么天才，他是为了你们努力到现在的，他是被你们牺牲了正常的人生！你们到底是想为孩子好，还是只在乎自己能不能培养出一个‘神童’？”

但紧接着，我想起了那个被撬开的保险柜——叔叔是自己来偷助听器的，他明知道被抓到是什么后果。他是会为了要一个大学生而不择手段的，明知道亚布查用不了这个助听器，也教他撒谎。

他自己学了手语，他是全世界花最多时间“听”亚布查说话的人。但他也会比亚布查先牺牲自己。他们只是太穷、穷了太久，他们不知道更好的办法了。

我慢慢平息了火气，平静地说，如果你们真的想要这副助听器，那现在必须去给亚布查做一个正规的听力图。而且下一次我赠予亚布查助听器的时候，你们所有家人都得来。

我没有解释我真正的计划，反而拍胸脯保证，只要他们来，一定给他们助听器。

一周后，亚布查的亲属们乌泱泱地来了一屋子。每个人都兴高采烈的，齐刷刷地盯着那个之前放助听器的柜子。他们也确实做了真正的听力图，送到我手上。

因为怕挨打，我将大部分亲戚赶了出去，包括那个亚布查的叔叔。屋里只剩下 6 个最近的亲属。

我拿着亚布查的听力报告看了一会儿，最终宣布，就这个听力报告来看，亚布查并不适合佩戴助听器。而且助听器很久之前已经被我赠予别人了。

首先崩溃的是亚布查的妈妈，她近乎哭叫地对我喊着，贴心的护士给我翻译道：你是世界上最恶毒的人。

我试着解释为什么亚布查不能戴助听器，告诉他们让一个又聋又哑、无法社交的孩子独自出国是很危险的，要真正为亚布查考虑。但和我想的一样，他们根本听不进去，每个人都是一副恨不得吃了我的样子。亚布查也在对我比画着一句话，他的妹妹告诉我他在说："你毁了我的人生，我会恨你一辈子。"

我任由他们发泄了一会儿，最后开口说："如果你们真的这么为亚布查好的话，现在我有一个更适合他的方案。"

亚布查的情况戴助听器没有用，而是应当使用电子耳蜗。我之前就听说过，布隆迪有一个印度基金会，可以为人匹配电子耳蜗，和我的助听器一样是免费的。但电子耳蜗的劣处在于，它不是帮病人"听见"声音，而是制造一种类似电流的东西刺激神经。病人需要有极大的毅力，在家属或听力师的长期陪伴下，重新学习语言。

这个过程漫长而痛苦，我担心亚布查的家人会等不及，仍然坚持要助听器，毕竟他们有骗、有偷助听器的"黑历史"。但那样的结果就是，富孩子丹尼、穷孩子亚布查，最终都听不见声音，只能生活在谎言中。

所以我选择了逼他们一把，“利用”富孩子得到了听力师的联系方式，然后骗他们花大价钱做听力图，骗全家花费高额差旅费来到首都。这些就是领取电子耳蜗的必要步骤，现在他们都完成了，只差给印度医生打个电话。

“来都来了”在这里也一样行得通。亚布查的家人们在我身后比画了好一阵，最终同意了我的建议，妹妹没好气地要走了那个印度医生的电话。我没有再见过这一家人。

两个月后，富孩子丹尼再次来到了我的诊室。

和以前不一样，他是一个人来的，看起来很疲惫。我注意到他的鞋底都是泥土的红色，他大概是自己走着来的。他一进诊室，就板着脸把助听器放在了我的桌上。

丹尼一本正经地对我说，他的愿望已经实现了，他听到了母亲在夜里的哭泣，母亲说的是对不起。她在为自己的孩子挨打挨骂甚至失聪而忏悔，祈祷孩子们快点长大。

但他也听到了另一种声音。每天吃饭的时候，父亲总在炫耀地说，自己是如何胁迫了一个医生改变主意，又是如何从另一个病人手中抢到了助听器。

他受够了，他不想再用父亲用诡计得到的东西。无论我怎么解释，丹尼都不相信我没有受到胁迫，直接扭头跑了。我拿着这个最终被嫌弃了的助听器，有些哭笑不得。

不知道丹尼自己有没有发现，他读我的唇语时不用再直瞪瞪地看着我了。这副助听器真的很适合他，即使只戴了几个月，他的交流能力也在飞速地进步。我拜托护士玛丽，将助听器再次妥善地交给丹尼或者他的妈妈。

我也会想起穷孩子亚布查。丹尼能用好助听器，“神童”亚布查大概也能学会使用电子耳蜗吧。

在这件事的结尾，我收到了唯一一句感谢，来自我的医导托马斯。

他请我吸一支雪茄，半开玩笑半嘲弄地问我：“为什么你明明做了两件好事，却没有一家人愿意真正地感谢你？”

我呼出一口烟气没搭理他，只是笑笑。

不知道那两个孩子会不会听见，此刻我头顶传来的一阵阵鸟鸣。

赎罪的父亲

之前有朋友问我在布隆迪是不是救了很多人。

这还真不好说。我来上班的第3个月，就见识到了恐怖袭击，附近有3辆小巴被烧了。

我着手准备，想接收烧伤的乘客。直到有人告诉我，可以停一停了，因为乘客在被焚烧之前，已经全部被恐怖分子杀害了。

没有幸存者。也没有需要我救助的人。

我想起这些，只能无奈地回应我的朋友："我不是去那儿当医生的，我是去当入殓师的。"

从战场上运下来的伤者，会在手术台上突然断气，变成一具冰冷的尸体。有时即使病人活着，但因为缺少药品和器械，我也只能看着对方死去，比如现在在我门外的那位老人。

他鼻咽部患有非霍奇金淋巴瘤，他的口罩下，本应该是鼻子的部位从中间塌了下去，像一个马鞍。那是比战争创伤更恐怖且难以医治的伤口。我拒绝过他一次，说治不了，可是他又来了。

他穿着油亮的军靴，很瘦，花白短发。在布隆迪，很少有人能活到头发花白。

我站在他身边，感觉到他身上因为发烧而传来的恐怖的温度，心想，这人可能连今晚都活不过去。

与上次不同，这次老人身边还站着一个人，我的老朋友托马斯，他告诉我，他愿意给这个老人做担保。老人的眼神里带着哀求。

托马斯的担保，不只是医药费，还担保这个人是我愿意结识的。

老人名叫厚朴，最终我收治了他。我给他打了一晚上的抗生素，降低他足以致命的发热。

但第二天他还在发热，我不得不动手给他清理鼻腔里的坏死组织。我告诉厚朴接下来的操作会很疼，千万不要乱动。

厚朴笑着说我小看了他的忍耐力。他站起来将衬衣塞进裤子，并将皮带紧了一个扣，再把衬衣的扣子也扣上，闭上眼睛说："来吧。"

他一本正经的样子，把邻近几张病床上的病人逗得

“咯咯”笑，但当我伸手摘下厚朴的口罩，一股腐烂的恶臭传来，半个病房的人都跑光了。

这股恶臭让我记忆深刻。我还是住院医师的时候，也遇到过一个患有同种疾病的女孩。我觉得这女孩很怪，什么时候都在哭，就连睡觉也会时不时地抽泣。带教老师告诉我，因为这女孩一直在痛，那是刻骨钻心的癌痛。

厚朴的病情和她相比，只会更严重、更痛。再三提醒后，我把枪状镊伸进厚朴的鼻腔，开始做基础的检查。

他的鼻腔，像一场大战后的废墟。把镊子往里探，可以从鼻底部的空洞碰到他的舌头。

鼻子中间的鼻中隔、鼻子内部的下鼻甲、大部分的中鼻甲、口腔内的硬腭，几乎都被癌细胞“吃”掉了，形成了巨大的空洞。

没有组织钳，我只能拿着镊子，一点儿一点儿地将腐烂的组织从鼻腔中拽出来。坏死的鼻腔组织是脆的，一碰就出血，只能再扯一块油纱布，沿着伤口一路蹭进去堵上。

有病人跟我描述过这种感受，打过麻药还是觉得脑子里好像在装修，同时还塞住了鼻子，又闷又痛。

整个过程持续了差不多半个小时，厚朴一声都没吭。等到我抬起身，才发现他的衣服和裤子都被汗水浸透了。

这是第一次换药。以后每两三天都要换一次药，都要这么痛。

我还在叮嘱厚朴后期的注意事项，老人突然打断了我，问：“医生，我真的能多活 28 天吗？”

又是这句话。在他第一次来求医的时候，我曾抱歉地告诉他，这种病只有放化疗能有效，而布隆迪的所有公立医院都无法进行放化疗，包括我所在的省医院。当时，厚朴一个箭步冲到我跟前，用瘦骨嶙峋的双手抓住了我的胳膊，激动地说了一串话。

我问护士他说的是什么。护士说，他说他想多活一个月，“一个月就够了”。

我的胳膊被他的手抓得生疼，一张因为鼻子塌了而变得滑稽的脸，布满了对死亡的恐惧。

我告诉厚朴，我会为他争取时间，但更重要的是，我为他找到了这附近唯一能做放化疗的私立医院，他要做的就是联系家人、筹钱，去那家医院做放化疗，才能真正救他。

当时我并没有把厚朴说的“一个月”放在心上。厚朴再追问他能不能活一个月时，我就半开玩笑地说：“如果得到正确的治疗，你会活得比那更久。”

听到我这么说，厚朴只是礼貌地点了点头，重新系紧他的皮带。

那皮带和军靴很眼熟，似乎是本地军人才有的制式。在这个战乱不断的国家，这里的军人却大腹便便。可是厚朴一句也没有提起那些事。

自从厚朴入住了内科病房，我每天都能接到病房护士的抱怨：厚朴身上的味道实在是太大了，很多病人都要求换病房；他晚上不睡觉，总是乱转，影响其他病人休息；白天他总是在睡觉，不配合护士们扎针。

其实我知道，厚朴晚上不睡觉是因为那钻心的癌痛，白天服用了派替啶，疼痛才能缓解，勉强睡一会儿。

我理解他的所有行为，只是有一点我不太明白。

那就是每次换药后，厚朴都会问我，他到底能不能活到“约定”的时候——他入院时说的要活满一个月。

他忍着剧痛，换来的就是这样在病房里循环的一天又一天。后来我也开始怀疑，是不是真的有一个“约定”？又是什么样的约定才配得上这地狱般的折磨？

就在这漫长的等待中，终于有一天，一位戴着墨镜、个子很高的时髦女士，在我回门诊的途中堵住了我。

女人用让人有些不适的目光打量着我，问我是不是厚朴的主管医生。她得到了肯定的回答后，问了我一个问题：“如果我告诉你，厚朴是一个嗜赌如命的赌徒，你还会给他治疗吗？”

当地骗子多，我以为对方心怀不轨，没好气地绕开她准备回诊室。

女人拉住我，抬高声音说：“如果我告诉你，他为了赌博，把自己10岁的女儿拿出去抵债呢？如果我告诉你，我就是那个女儿呢？”

眼前的这个女人，说着说着声音里起了哭腔，回忆着那天晚上，父亲厚朴黑着脸将她从睡梦中拉起。

她还记得父亲对她说：“快走吧，除了你身上现在穿的衣服，什么也别拿，尽量减少我的损失。”

他说：“我已经把你输给了门外的那个白人。”

说完，父亲就像没事人一样倒头睡着了。那是她最后一次见到厚朴和她的家人。

但因祸得福，那个白人对她并不坏。他成了她的养父，把她当女儿照料，带她回了法国，甚至一路供她读了大学。不知道为什么，讲到这里，女人忽然面带无奈地摇了摇头。我捕捉到这个动作，开始有些怀疑。

这个女人是编得自己都不信了吗？如果真是逆袭念大学了，她为什么现在又回来了？为什么又要跟我说这些？

我是个医生，不可能去分辨所有故事的真假，我的原则是治病救人，不受这些事情的影响。

我打断了女人，说：“无论你是想控诉你父亲的恶行，还是告诉他你现在过得有多好，那么最好现在就去，因为他剩下的日子不多了。”

女人明显被我噎住了。短暂沉默过后，女人再一次拉住了我，从背包里取出了一沓钱。她说，希望我能帮她给厚朴缴纳住院费用。

这下轮到我蒙了。她到底是想要厚朴死，还是想要厚朴活？我试探性地跟她说，既然你愿意缴纳住院费，是不是可以去看看你父亲？这样他的心情也会好一些。

女人冷着脸说，这辈子她都不想见到那个令人作呕的父亲。她希望我将她来这儿的事情守口如瓶，尤其不要告诉厚朴，她不想这个赌徒父亲误以为她已经原谅了他的所作所为。

让厚朴活着，就是她恨他的方式。在给厚朴换药的时候，我似乎明白了她的心理。

女人补上了住院费用的缺口，我甚至可以一次用两瓶生理盐水进行鼻腔冲洗了。这样确实可以处理得更干净，可也确实会更痛。

一向坚强的厚朴，在这次换药中忍不住哼出了声，一直喘着粗气。或许女人就是想借我的手，延长厚朴生存的时间，让他多受一些苦。

只是我总怀疑，她说的话到底可信吗？

我看到的厚朴，真不像个会抛弃女儿的人，因为他实在太喜欢小孩了。每次有孩子来病房兜售小吃的时候，他总是会买一大堆，甚至包圆，即使他根本吃不了。

那些孩子见到厚朴这样，便将商品价格提高 2 倍到 3

倍卖给他，而厚朴就像傻子一样总是照买不误。甚至他还将这些刚买来的零食，送回给这些孩子，哄他们开心。每次看到这些，我都很生气，自己都没钱去放化疗，还要装热心肠。但我答应了那女人要守口如瓶，又不好去找厚朴打听到底是怎么回事。就在我百爪挠心的时候，又一个厚朴的家人出现了。

这次来的是厚朴的大儿子。

和那个女儿不一样，他带着妻子和小孩，光明正大地走进了厚朴的病房。

我赶来时，见到了一个很诡异的场景。

一对中年男女沉默地坐在离病床很远的地方，病床上的厚朴笑吟吟地拿着零食逗弄孙子。孙子明显和厚朴一点儿也不熟，只盯着厚朴手里的零食，但只要那阵腐烂的气味飘出来，孙子就捂着鼻子跑开。

大儿子想拿出妻子怀里的半袋橘子给厚朴，但妻子似乎不愿放手，两人一拉扯，大儿子一屁股坐在了地上。他的右腿是残疾的，腋下的拐杖一下倒在地上，袋子里的橘子也滚落到地上。厚朴跳下床去扶他，大儿子立刻用双臂拖着自己向后退，不肯让他碰。

尴尬的厚朴只能蹲在地上捡四散的橘子，但同样被大儿子呵止了。很明显，他的态度绝不是害怕父亲累着，而是不想和厚朴有过多瓜葛。这个儿子，也恨厚朴。

我沉默地换完了药。接着，厚朴的大儿子就跟着我出来了。他很坦然地说，他希望能中止厚朴的治疗。

我说厚朴还有希望，但还没往下说就又被大儿子打断，他说他的父亲不应在这儿独自面对死亡，他应该在爱他的人的簇拥下死去，这样才是最好的。

我指了指跑开的小孩和他压根没有接近过床的媳妇，反问，这就是你指的簇拥？

大儿子激动起来，一字一句地说："实话告诉你吧，医生，我曾经无数次想他去死。"他拖着那条残腿左右走了几步，似乎想让我看看清楚。"这就是我父亲打的。"他说。

他说厚朴是因为嫉妒他找到了一份好工作，看不得他超过自己，所以就生生地打断了他的腿。

在布隆迪，一个担任军官的父亲在家里有绝对的话语权。

大儿子说，他原本可以过上更好的日子，穿上军装，甚至坐进办公室，"现在托这个'暴君'的福，我只能每天拖着这条坏腿在地里耕种。"

而厚朴有今天，也全是他自找的，是他为了私生女辞掉了工作，害得全家一穷二白，最后自己躲在这里治病。

我还没来得及进一步询问，大儿子的妻子从病房里出来了，催促他快点儿走，否则就要赶不上回家的班车了。

家三口匆匆离开，越过他们的背影，我看见厚朴孤零零地坐在病床上，手里拿着一个刚剥到一半的橘子。

他还是系着油亮的皮带，短发整齐，可是突然好像有些凄凉了。但我此时竟无法产生丝毫的怜悯。我真的帮错了人？

也许儿子的厌恶也刺激到了厚朴，下一次换药的时候，厚朴破天荒地出现了躲闪。他开始怕痛了。换药结束时，厚朴问我能不能给他一支烟。

点燃香烟，他轻轻地问我："我是不是快死了？我还能坚持到'那个日子'吗？"

我没有像往常一样安抚厚朴，因为实在想不出，这样一个所有孩子都巴不得他去死的老人，还有什么可等待的。我只是伸手挥散他吐出来的烟雾，用英语磕磕绊绊地给他讲了一个故事。

我说在中国有一个村子，出现了针对老人的传染病，二牛的母亲也病倒了。二牛和他的兄弟姐妹孝顺地给老人买了寿衣，并一连几晚换着班地陪着老人。但尴尬的是，二牛母亲的身体情况并没有进一步恶化，甚至有些起色。

于是老人分别向几个儿女打听了其他老人的症状，接下来几天，她也开始头痛、发热，最终"准时"去世了。其实，老人从头到尾都没有病，她是把自己活活饿死的。

厚朴沉默了一会儿后问我，是这些儿女逼死了自己的母亲吗？

我一时竟然回答不上来。这一刻，我才意识到，我给厚朴讲这个故事，是因为我此刻讨厌极了他。

我知道，做医生不能有道德判断，就算是杀人犯也要救。可我是个 3 岁女孩的父亲，我最不能理解的就是伤害孩子的父亲。

我不再相信他在等待着什么，我觉得他只是不肯面对自己的死亡罢了。我想用这个故事告诉他，看看别人父母有多不想给自己子女添麻烦。我想劝他干脆别挣扎了，别让你的孩子一个接一个地来逼我，我不想当坏人。

厚朴的回答，显然他并不觉得自己有错。而这样“审判”一个病人，我还算是一个合格的医生吗？最终，我一句话也没敢说出口，落荒而逃了。

厚朴有没有听懂我说的故事，我不知道。但那天之后，我面对他时总会处于十分复杂的情绪中。

我知道我所听到的所有关于他的故事都只是道听途说，没有证据，但我又怕如果我从他口中求证，他也不会说真话。

我已经很难相信他了。

我们也不再闲聊。我是因为心情复杂，他则是因为病痛。清创和止痛能给他带来的帮助越来越小，可厚朴还是没有要去放化疗的迹象。当然，他这样的人，也不会有人出钱让他去放化疗吧。我和厚朴，都在等待着他的死亡。距离他“约定”的日子还有 9 天。

如果不是厚朴妹妹的到来，也许我永远都不会知道，我错得有多离谱。

那天，一位贵妇人打扮的老妇人坐在了厚朴的床头。在我换药期间，她一直在对着厚朴碎碎念。护士告诉我，她说的都是数落的话，比如“看来老天还是没能饶了你”之类的。当时我只是想，厚朴果然是众叛亲离。

厚朴像忍耐换药时的疼痛一样，始终没有说一句话，最后还是我忍不住了，以影响我工作为由，将老妇人请出了病房。换完药走出病房，不出所料，老妇人在外面等着我。

她没有劝我放弃治疗厚朴，相比之下，她似乎更好奇厚朴的处境。象征性地问了几句病情后，她就开始跟我打听谁来看过厚朴。

听说厚朴的大儿子来过，老妇人略带戏谑地说，看来他还算有些良心，知道在他爸爸快死前来看看他。我有些不快地提醒老妇人，厚朴可是打断了他的腿，他不看望厚朴才是理所应当。

老妇人诧异地问我，大儿子究竟是怎么解释那条腿的？她跟我讲述了另一个版本的故事。

大儿子说的所谓“好工作”，其实是去当兵。可能是因为厚朴年轻时就是军官，大儿子放着好好的学不上，非要学他。

那段时间，政府军、反政府军、游击队组织，都为了巩固自己的势力在拼命地征兵，征不到了就抓壮丁。但他们不停征兵最大的原因，就是军人在不断死去。

厚朴参加过的那场战争，发生在 1993 年，近 30 万人死亡，60 万人流亡国外。

大概厚朴深知自己活下来只是侥幸，所以更不想让儿子去送死，最终喝了酒，打断了儿子的腿，这完全是为了保护自己的孩子。

但厚朴从来没有解释过，或许解释了也没有用，他的羞愧，和儿子的埋怨，都会跟着他进到坟墓里去。

老妇人唠唠叨叨地说，厚朴赎了一辈子的罪，最终还是落得病痛缠身，可见老天没有宽恕他。

我还在震惊中，老妇人又拜托我帮她劝劝厚朴。

她说，厚朴手上现在还有一个非常重要的东西，那是去澳大利亚的雇主担保签。这意味着只要厚朴同意，他可以把任何一个人送去澳大利亚，离开布隆迪。

就像我刚来时看到的那样，这个国家至今都充满了恐怖袭击和仇恨。男人会被征兵，孩子没有食物，老人——大部分人都活不到老。

这些是比疾病更难医的不治之症，而那份雇主签就像是救命的药。但厚朴非要把这个珍贵的机会送给一个“外人”。老妇人希望厚朴帮帮外甥，也就是她的儿子，把雇主签送给他。

我追问老妇人，那个“外人”是谁？老妇人露出厌恶的表情说，不就是那个私生女嘛。

私生女、外人，原来是同一个人。厚朴几乎得罪过所有亲人，唯独对这个女儿，好到让所有人嫉妒。可是现在他病得快死了，这个女儿却从来没有出现过。

抱着一丝愧疚，我更加积极地帮厚朴与私立医院沟通。终于，他们同意为厚朴减免一半的费用。

我把这个好消息告诉了厚朴，但厚朴表情没有丝毫变化。他曾经那样抓着我的手哀求想要住院，现在却好像对自己能否活下去毫不在乎。

距离“约定”的日子只剩 5 天了。

这次换药后，厚朴又向我磨蹭了一根烟。

他狠狠吸了一口，缓缓地说道：“那个母亲应该是所有的心愿都已经了了，所以才会选择自杀吧。”

他在说我之前说的那个故事，我想用来劝他去死的那个故事。

他好像完全没发现我的尴尬，还在自顾自地说：“谢医生，你总是考虑得太多。

“就像常说的那样，孩子并不是父母生命的延续，父母的死也不是孩子生命的终止。

“我们每个人都在生命中精彩过，所以我们要尊重亲人每一次重要的选择，更不应该因为这选择而羞愧与难过。”

我以为他在说自己打断儿子腿的事情，于是又多拿了根烟别在了厚朴的耳朵上，安慰地说：“我也是父亲，我能理解你，有的时候得做坏人，因为家门外有更坏的人。”

厚朴听完只是笑了笑，低头将我刚刚给他的那根烟引燃了。他说，其实他更担心的不是大儿子会死，而是怕他拿上枪。枪会让他做出一些让自己后悔终生的事情。

厚朴缓缓地吐了一口烟。他的鼻子已经被瘤子“吃掉”了，乳白色的烟雾缓缓地从他的嘴角、耳朵、塌下的鼻子溢出，那场面充满了诡异，简直像一个冒烟的骷髅头。

他没有看我，低声说：“谢医生，你可能救错了人，我是一个杀人犯。我杀了很多人，老人、小孩、妇女、士兵、教师、牧师……还有和你一样的医生。”

我下意识地往后退了一步。那几乎是一种本能，我想起了从小看的南京大屠杀宣传片，想起了课本上那一地的尸体。

我明明知道布隆迪发生过和那一样残忍的屠杀，也知道厚朴是军人，可是竟然从来没想过，他就是执枪的那一方。

我想起救助过的一个被恐怖袭击误伤的孩子，他捂着眼角，鲜血从纱布下往外淌。那血是烫的。

厚朴还在说："我是胡图族[1]的……"

我打断他说我知道，你们和图西族总是打个没完。

我语带讽刺地说："什么总统被刺杀、水源被侵占，甚至鸡毛蒜皮的事情，都能让你们打起来。"

支援布隆迪之前，我对这个国家一无所知，后来才知道，这是卢旺达的邻国，和卢旺达一样，这里也有两个族群。

这两个族群原本长得一模一样，互相都是亲戚，后来却被人为划分，人少的图西族掌握金钱和权力，纷争从此开始。

1988 年，一名图西族商人拖欠胡图族农民的货款，反过来杀死了五名讨债者。这起命案引发了胡图族的起义，数百名图西族人被杀。接着图西族军队又赶往镇压，杀害约 2 万名胡图族群众。

而厚朴参与的那场战争，始于一个胡图族的总统因政

1　胡图族是非洲中部的卢旺达和布隆迪的三大土著族群之一，另两族是图西族和特佤族。胡图族与图西族十分相近，他们的土著语言、体格和文化都没有太大的分别，其差异主要在于社会阶级。

变被杀害。

“我们接到命令，去一个村庄抓那些高个子的家伙。但我们都知道，所谓的‘抓捕’，其实就是‘清除’。”

这场屠杀完全是针对平民的，据说是为了报复自家军队在另一个地方的失败。他们血洗了整个村庄，并把尸体堆在村民集会的屋子里。

“为什么非要执行这个命令呢？”我再次打断了他。

厚朴说，因为不杀人的，就是图西族。你只有拿起刀和枪，才能证明你是胡图族。那时两个民族之间还通婚，长相几乎没有区别，如果不杀人，你就会被杀。

“我们撞开门就开枪，没有一丝犹豫。为了壮胆，我像他们一样，大笑着。”

厚朴打开了那个躲藏着女性和小孩子的屋子，女人们祈求着他不要开枪，并将孩子保护在身后。

这时，他的一个队友走了过来。听到队友声音的一瞬间，厚朴扣动了扳机。

厚朴和队友打死了屋子里的所有人，队友继续前进，他收拾了尸体。

但他发现尸堆里有人在动，是一个 3 岁左右的小女孩，正在从妈妈的怀里往外爬。他拉动了枪栓，但这个女孩却像不知道她接下来要被杀死一样，一直在冲他招手笑。

“我下不去手了，我想，我到底在干什么？”

厚朴走上前抱起了这个图西族女孩，然后用水壶里的水，洗掉了她脸上的血迹。

“也许这样，我和她都会忘掉那天的事情。”

趁队友还没来，厚朴把女孩藏进了一个房间的稻草堆里。他一直守在门口，有队友路过时，就告诉他们他已经看过这间房子了。

等到半夜，屠杀“中场休息”的时候，他把女孩偷带回了家，告诉妻子和孩子们说，这是他的私生女，要他们一定要好好照顾她。

他说，女孩是他“后半生唯一的希望”。

“我们大多数人都是罪人，没有任何希望与机会。”厚朴的语气，好像在念自己的悼词一样平静。

只有这个女孩是无辜的，没有经历过仇恨。只有她活下来，他们的罪恶才可能被原谅。

那场屠杀持续了半年，近 30 万人丧生。仅有数据记载的图西族人数，就消失了 80%。而女孩活了下来，作为厚朴的私生女。

屠杀之后，厚朴凭借军功和语言技能，得到了一个肥差——一所监狱的管教长。这令人眼热的职位总会有许多人盯着，甚至有些人已经开始怀疑，他家里为什么会有一个长得这么高挑的女孩。

一般来说，图西族人的个子更高一些，胡图族人更壮一些，只是这一点儿分别，就足以让他们回到地狱。

为了避免引来杀身之祸，厚朴主动辞职离开了那个岗位，也禁止自己的孩子再卷进这些事情里。就因为这个选择，他几乎被自己的亲生孩子们埋怨了一生。

随着女孩一天天长大，她个子越来越高。别说送女孩上学了，就连一般的出行，厚朴都得将女孩裹得严严实实。他无法想象，有一天事情败露，他要告诉这个女孩，自己就是杀害她所有亲人的凶手。

他想送女孩离开布隆迪。当厚朴听说他的上司要调回法国后，他立刻主动找到上司，告诉了他自己所有的"罪行"，求他帮忙。上司答应了他，两个人的计划是，厚朴要借一场赌局，假装把女儿输给上司。

他说的这个图西族女孩，就是我最开始见过的那个女人，那个自称从小被抵债的女儿。

在厚朴的整个叙述中，他没有称呼过一声女儿，甚至为了保护那个女孩连名字都没提，只是叫她"小女孩"。那仿佛是一个专属于她的词，一个只要念起，就会让他的目光变得十分温柔的词。

而那个女孩是所有孩子中最早发现厚朴生病的一个，也是她付了医药费，才能让厚朴活到今天。

我想，或许是因为她深深恨着厚朴，所以不愿意见他一面。她不知道，厚朴曾经和白人上司约定，不会再出现在她面前打扰她。但他还是会去那个白人家附近的山头，望着上司的房子，想远远地看女儿一眼。

她也不知道，在她去法国以后，有那么几次，她的养父会接起一个遥远的电话。电话的那一头一个老人等待着。他掏空口袋拨出一个长途电话，只是想听到她路过时的一句闲聊。这些都是厚朴后来讲给我听的故事。

我听到了他很微弱的哽咽声，难以分辨是疼痛的呻吟，还是因为讲起了女儿。我张了张嘴，想说点什么。可是回过神一想，告诉厚朴又有什么用呢，我现在到哪里去找他女儿？

而我又能告诉那个女儿什么呢？其实厚朴救了她，在他杀了她全家之后？他们不可能跨过那座仇恨的山。

厚朴说，他一直关注着女孩的动向，知道那个白人上司带她离开了布隆迪的时候，他曾经无比欣慰。但后来，他又得知女孩因为签证的原因被遣返了。

于是他用我也不知道的办法，搞到了一个澳大利亚的雇主签。签证手续 30 天后落定。那就是他“约定”的日子。

早在女儿被遣返回国之前，厚朴就开始有症状了，发热、鼻出血，甚至出现肿胀。但他并没有把这当回事，觉得这就是“魔鬼给他的惩罚”，死亡也是。

直到听说女儿被遣送回国，他才开始拼命求医，甚至专门找到我们中国的医生，以癌痛和每天清理腐肉的痛楚，换取多一个月的光阴。他只想看到女儿拿到这服“药”，离开这个充满战乱的国家。

很快，约定的日子到了。厚朴活到了女儿签证下来的日子。

那天，厚朴敲响了诊室的门，告诉我，他已经办好了出院手续。他穿着笔挺的西装，肩背笔直，戴上口罩几乎看不出是一个行将就木的癌症病人。我徒劳地向他宣传着那家能救他命的私立医院，厚朴只是笑，没有回答。

他把自己的铺盖卷留了下来，因为这里的医院缺被子。我感觉到如鲠在喉。他明明有得到治愈的机会。

我们俩有个共同的朋友，叫托马斯，当初也是此人送他来到医院的。我问托马斯，你觉得他的愿望实现了吗？托马斯点了点头，犹豫一下，又摇头。

他说，厚朴的女儿找过他，两人说了很多。其实她什么都知道，知道厚朴是为了保护她，但也知道厚朴和她之间的血海深仇。

厚朴根本没有瞒住她任何事。

我回想起那天出现在我面前、流着眼泪的女儿，她根本不是在恨。她故意编造了那个故事，因为她知道父亲处在怎样的众叛亲离中，她知道其他人会怎样对我诅咒父亲，她想确保，我是一个无论别人怎么说都不会动摇的医生。

我还想起那天，在女人离开之前，我冲她喊了一句，厚朴还能好起来的，只要去比利时医院接受放化疗。

我想过女人会帮我劝劝厚朴，想过她甚至会再掏出一大沓钱，可她只是停顿了一下。最后她没有回头。她知道父亲心里的阴影，也知道他所谓的“赎罪”，不仅仅是要把她送走。

几天后，托马斯送来了厚朴的死讯，厚朴死在家中的木头隔间里，跪着吊死了自己。

第一个发现他的，是一只路过的野狗。

两个理查

我在布隆迪发现了一起顶替事件。被顶替的是一个人的房子、土地、身份、姓名。

事件的始作俑者买通了整个医院，除了我们这批来援非的医生。而所有中国医生中，只有我发现了这个秘密。

那个男人警告我："你最好不要多管闲事。"

那天，我去内科帮一个名叫理查的病人换药。刚进门我就感觉屋里有点不对劲，我的病人理查竟然坐在床头和护士聊天！

虽然我只见过这病人一次，但我明明记得，他是个挺胆小的人，一见到我就往被窝里钻。而且护士似乎也不太待见他，根本不愿意在旁边守着。

昨天他跟我说过一句法语"谢谢你，医生"，说得磕磕巴巴的。但这会儿他非常自然地跟我打招呼："早上好，谢医生！"

这声音也不对，没有鼻音。我昨天给他鼻子里填的止血纱条呢？

我没搭理他，气冲冲地指了指他的口罩："口罩摘下来，我要看看你的鼻子是不是还在流血。"

理查遮遮掩掩的，摘了一半立马又戴上。但我已经发现他鼻子里的纱条不见了。

我心想应该是他嫌难受拿下去了，正要发飙，理查立刻讨好地凑过来："谢医生，你来自中国吧？我早就听说中国的医生特别负责任，医疗技术特别好……"

伸手不打笑脸人，我只能憋着火，说拿下去了就算了，我再检查一下鼻腔，看昨天的出血点好了没有。

理查不肯摘口罩，嬉皮笑脸地说："昨晚就不流血了，已经完全好了。"

一晚上就好了？我甚至有点怀疑自己是不是找错病人了，还问身边的护士，这是我昨天看到的那个理查吗？护士捂着嘴不停地笑着，连声说是啊是啊，这里只有一个理查啊。

难道他只是昨天生病心情不好？我将信将疑，只能感慨这位兄弟的康复能力真的惊人。

两周后，骨科的李老师托我帮忙给一个腿部外伤的病人换药，正好那个病人就是理查。理查是住院的病人，腿怎么会突然受伤？

我带着困惑到了病房，只见理查的病床上，一个人正缩在被子里。看到我来，他从被窝里露出一双惊恐的眼睛，眼球结膜染黄得很厉害。他又回到我们第一次见面那个畏畏缩缩的样子了。

对了，眼球结膜，上次那个自来熟的“理查”眼球没有染黄！我意识到不对，直接掀开了被子，去捉他的右腿。这人腿上哪有什么 5 厘米的伤疤，连块纱布都没有！

我吃了一惊，为免误会，又把左腿也抓过来检查一遍，同样没有伤口。

鼻出血一个晚上有可能愈合，一道 5 厘米的皮肤裂伤怎么可能自己好了？这根本就是两个人！

我有点脸盲，病房里这么多病人和护士，难道都脸盲？这恐怕是一场买通了整个医院的骗局。

我打量了一下眼前这个病恹恹的“理查”。他法语很差，精神状态也不好，感觉问不出什么。而且我有种直觉，他可能是被胁迫的。我不动声色地把他的腿放了回去，假装什么事都没发生。

第二天一早，我连门诊都没去，下车就直奔内科诊区。

本以为会直接抓到他俩换岗，没想到“理查”来得还挺早，已经坐在病床上跟护士谈笑风生。我走到他们旁边拍拍手提醒，该换药了。

理查伸出了右腿，嘴上还没事人一样絮叨着：“谢医生，昨天不是换过了吗？”

我没有搭理他，伸手将他右侧的裤腿向上提了提，果然看到一块沁着血的纱布。我一把撕下纱布，理查的笑脸一下绷不住了，猛地咬紧牙关。

我按了按伤口周围的皮肤，理查痛苦地呻吟起来。没有换药的伤口已经有些感染了，缝线也坏了，需要拆掉。理查探头探脑地看我操作时，我突然开口问道：“你到底是谁？”

理查一愣，苦笑了一下：“我真的是理查，我亲爱的中国医生。

“但如果你非要刨根问底的话，昨天你见到的是我的朋友奥德彪。”

理查说，他的好朋友奥德彪生了很重的病，又没有医保，所以用他的名字和医保，让奥德彪住院救命。

这话我一个字都不信。就算他朋友奥德彪真是个黑户、是个罪犯，要用他的医保，他让奥德彪自己住院就好了，为什么要每天换岗，增加这么大的风险？

医保诈骗在这里是要坐牢的罪。而且这里的监狱传染病横行，一个健康人进去，一身病出来，几乎等于要人的命。谁会拿这种代价帮人治病?

我懒得听他编瞎话，换完药抬腿要走，理查拉住了我。他脸上的笑意早已褪去，眼睛瞪得很大，表情严肃：“谢医生，你并不是这家医院的医生，甚至都不是这个国家的医生，没有任何的利益瓜葛，你举报我得不到任何好处，我觉得你最好还是不要多管闲事。而且……”

他的话还没说完，我已经走出了病房。虽然很多人以为我脾气好，其实我非常讨厌被人欺骗和威胁。

当时，对于他们假住院的真实目的，我心里有一个猜测。

我查过“理查”的用药记录，他申请了大量白蛋白，这种药是非常贵的，拿出去倒卖能挣好大一笔。

根据理查娴熟的法语、整洁的衬衫和他威胁我的那个语气，我怀疑他可能是个军阀，或者军阀二代，所以能买通整个医院做这种事。

至于他们两人换岗，可能是因为住院时病人得吃药、注射。药物有副作用，理查怕自己身体受损，就找了一个本身就有病的人来替他挨针。

理查自己整天在外面乱逛，所以腿上才会弄出一道伤口，来蹭医疗资源治这种小伤。而被他抓来的就是那个唯唯诺诺、连法语都不会说的“奥德彪”。

如果我的猜测属实，这样肯定会严重耽误奥德彪的治疗，我内心十分不安。我用两瓶啤酒请来了老朋友托马斯当翻译，想去和奥德彪聊聊。

当然，还有一种情绪是不想让那个威胁了我的理查为所欲为。然而一到病房我就傻眼了，今天奥德彪没来换班，床上坐着的是风度翩翩的理查。他好像识破了我的计划。

托马斯看到是理查，扭头就走。他提醒过我，这个人恐怕不好惹。

我尴尬地站在原地，理查还瘸着腿走过来跟我打招呼，有个护士殷勤地搀扶着他。

我板起脸指了指他的腿："换药！"

理查乖乖躺下，看我把干干净净的纱布扯开，又换了一块干干净净的。

都快处理完了，他才悄悄地跟我说："谢医生，今天不是换药的时间吧。如果我猜得没错，你是来找奥德彪的吧。"

我白了他一眼，硬着头皮说："你伤口这么严重，我不放心不行吗？"

有一瞬间我真希望这伤口更严重些，瘸了最好，免得他到处害人。我讥讽地问他："那个被你'救了一命'的奥德彪呢？是不是被我发现了，现在不好操作了？"

理查苦着脸说："谢医生，你对我们有误会。"

他犹豫了一下要从何说起，问了我一个问题："谢医生，你知道护士为什么疏远奥德彪吗？"

我心想那不是你唆使的吗。

理查叹了口气说："因为他是个人人唾弃的卖国贼。也是这个原因，他没有医保、没有身份，只能依靠自己生活。谢医生，我知道我说了你也不会信，不如自己去查查资料吧。我觉得你就是一个喜欢自己去挖掘真相的人。"

我一时还真无法反驳，最后问了一个问题："那你为什么要'帮'奥德彪呢？"

理查说，你可以让奥德彪告诉你这个答案。

他眨了眨眼睛："其实奥德彪的英语并不差，如果你相信的话。"

虽然明知道可能会被骗，我还是按捺不住好奇心，去打听了一下关于"卖国贼"的消息。

大部分人不愿意谈论这个话题，就连酒馆里的醉鬼，也只偶尔吐出几个字。

没办法，我找到那个骗了我两瓶啤酒的本地通托马斯，又加了一瓶啤酒。

托马斯问我有没有留意过奥德彪生的是什么病，我说不知道，他告诉我是乙肝。病历里开的白蛋白确实是给他治疗用的。在这件事上，理查确实没有撒谎。

更重要的是，奥德彪是在监狱里感染的这个病。他服刑的罪名确实就是“叛国”。他没有医保、没有身份也是真的。

托马斯甚至笑着告诉我：“如果你举报他，还能得到奖励哦。”

我不自觉地抬高了声音：“有奖励就要举报？”

托马斯压低声音吓唬我似的说：“不举报吗？这些卖国贼很危险的，他们会抢走你的土地、屋子，杀死你的孩子，霸占你的妻子。”

“为什么？”

“因为我们的房子曾经是他们的，他们的孩子和妻子曾经被我们杀死！”

在托马斯看来，“卖国贼”之所以会到处作乱、被人人喊打，归根结底是一个原因——房子。

30 年前，有许多人逃出了布隆迪。这批人就是所谓的“卖国贼”。

大屠杀结束后，有一部分人陆续回来，但他们的房子和土地早就被别人占了。

布隆迪国土面积很小，算上荒无人烟的山川雨林，人口密度跟中国的重庆差不多。土地价格对于本地人来说很高，盖房子要经过批准，有时候花钱都不一定行，得找关系，所以房子对谁都很珍贵。

有的占了房子的人就会倒打一耙，举报返乡的流民是卖国贼，说他们从国外回来，和国外的叛党有联系。奥德彪大概就是碰到过这种事。更严重一点儿的，还可能会出人命。

托马斯告诉我，他听说过有一家人的房子被别人占了改成粮仓，新主人还雇了保安看守房子，不让原主人进来。最后原主一家三口无处可去，饿死在了粮仓门口。

也有返乡的流民趁夜溜进了自己原来的家，把占据房子的人杀死，就埋在家门口的地里。房子一夜之间换了主人，竟然没有人发现，直到半年后被害者的亲戚前来拜访，才东窗事发。

这类纷争太多了，大家觉得，都是流民回来了才有这些事。因为流民品行恶劣，都是亡命之徒，坑蒙拐骗。

说到这里，托马斯的眼睛竟然有点湿润了："谁会这么说？可能是你这样的人，也可能是我这样的人，总之所有人都在这么说。"

怎么会闹成这样？我有点说不出话来。

那么奥德彪呢？他的家在哪里？为什么都坐过牢了，他还要留在这里？

理查为什么要帮他看病？如果理查是真心帮他，又为什么要把这个要命的秘密告诉我？

病房外鸟语花香，而我面前的奥德彪仍然蜷缩在被子里，一动不动。

这是我第一次没有治疗、没有操作，主动来到了病人身边。但不管我用多和缓的语气打招呼，奥德彪就是装听不懂一样，用警惕的眼神看着我，一言不发。

没办法了，我只能直接开口道：“奥德彪，你是一个‘返乡者’对吗？”

奥德彪嗖地从被子里钻出来，看看我的身后，确认没有不熟悉的人，他才把嘴巴露出被子小声问：“是谁告诉你的？”

我回避了这个问题，只说我没有恶意，我只是想帮助他。

奥德彪上下打量我，冷冰冰地说：“我在周边国家流亡时，见过不少中国人，有医生、工程师、游客，也受到过你们不少的帮助，但我并不觉得你们有多好。

“因为你们能独自来到非洲，把爱自己的人和自己爱的人都抛弃了，肯定不是什么好人。”

我一时间有些无语和火大，且不说我有没有抛弃家人，我放下家人来这儿是为了谁呢？

奥德彪生硬地说：“不对，家就是最重要的。”

在外流亡的那些年里，他最大的念想就是他的家。奥德彪说，他最早的记忆就是和爸爸、妈妈、弟弟、妹妹，五个人一起，不停地逃亡。有时候他们住在别人地里的窝棚里，帮人看地。窝棚几乎不能遮挡风雨，妈妈就把他们揽在怀里。有时候他们住在路边，在别人家的屋檐下，每天趁别人起床发现他们之前，就匆匆寻找下一个栖身之所。

后来弟弟死了。因为他们住在叛军横行的街区，军人把他当成毁坏农作物的小偷杀死了。

后来爸爸死了，也许没有。

很早以前爸爸就不和他们在一起了，据说是在另一个地方躲藏。但后来，奥德彪听见妈妈彻夜哭泣，似乎是爸爸死在了一个临时监狱里。

再后来，妈妈也死了。

逃向埃塞俄比亚的时候，边境线上有条河，妈妈背着妹妹过河，又返回来背奥德彪。她在埃塞俄比亚的国境内亲吻了他和妹妹，然后又跳下了河，再也没有回来。

最后，只剩下奥德彪和妹妹了。

“我背着妹妹在河这边等了好几个晚上，有时会看见闪烁的灯光，有时会听见很近的枪声，但就是不见妈妈回来。

“那几晚我看着河对面，总会有这样的问题——为什么家在那边，我却要逃到这边？

“现在的我也会有这样的问题，为什么我的祖国无法接纳我？我的家去哪儿了？”

奥德彪流下了眼泪，我的眼眶也有些湿。

无家可归的十几年里，支撑着他的就是童年的家，有大大的院子，明媚的阳光，爸爸下班回来，妈妈在厨房做饭。

他想回到那个家。

十几岁的奥德彪背着妹妹，一步一步走向故土的方向。他想就算老家再破败，那也是他自己的家，他可以用双手一砖一瓦地把它重建。

但翻过山坡，他看见的是早就被翻新了的漂亮房子，一个年轻女人挽着一个年轻男人从屋里走了出来。

那个男人，就是理查。

占据了奥德彪房子的人，就是理查。

我问奥德彪他和理查到底是什么关系，奥德彪突然笑了，这是我第一次看见他笑。

“我们，可能是朋友。”

他说可能是因为占了他的房子，理查平时总是帮他，就像这次用自己的医保帮他看病——可这只是免费的医保，而他占了的是你的家啊！

要知道，如果奥德彪能拿回自己的房子和身份，甚至能把继承的土地卖一大笔钱，他本来就不用依赖理查而生活。

可他现在是这么一副一身是病、唯唯诺诺的样子。而理查穿着政府职工的蓝衬衫，走到哪里都是谈笑风生。

我一下想到，会不会理查就是想用这些小恩小惠，比如帮他看病、给他找工作这些事情，安抚奥德彪，让奥德彪不要去抢这个房子？

奥德彪的笑容转瞬即逝，又变成一副不耐烦的样子，反问我："非要我杀了他，然后埋在地里、抢回我的房子吗？"

他对我很警惕，我能理解，毕竟他在国外经历了那么艰难的十几年。但他如此信任理查，这让我感到很危险。

不要忘了，他坐过一次牢，在坐牢期间染上了致命的肝病。他的罪名是叛国，这种罪一般都是被举报的。而最有可能举报他的，不就是想要他房子的理查？

我越想越觉得合理。第二天见到理查，我上去就是一顿质问："为了一间本不属于你的房子，这样去折磨一个病人，你忍心吗？难道你不怕法律来制裁你吗？"

理查一愣。他收起了笑容，认真地说："谢医生，这间房子是我从一个政府官员那儿买到的，你觉得如果真的闹上法庭，法律会制裁谁？"

尽管我来布隆迪还不到两年，据我所了解的，这里的法律一定会偏向理查，因为只有理查能给出法官要的那笔贿赂。

我紧接着想到，奥德彪拿不回房子，大部分流民恐怕都一样，论贿赂法官的能力，他们肯定都比不上占据他们房子的这批"本地人"。是我想得太简单了。

理查接着说，事实上，他并没有去打这个官司，而是和奥德彪一起住在了这间房子里。

他为自己无法将这间房子还给奥德彪表示抱歉，因为他也已经花掉了所有的钱。

理查又问我觉得这是谁的错。

我在心里喃喃地回答，是那个卖房子的人。是他把不属于自己的房子卖给了别人，但法律不会惩治他。

无论是奥德彪夺回房子，还是理查去贿赂法官，甚至两人彼此仇恨，一个打死另一个，那个卖房子的人都坐收渔利了。

“谢医生，你总是在问我为什么帮助奥德彪，难道我必须拿着棍棒赶他走吗？他必须要杀死我，然后埋进地里吗？

“是不是这样才符合常理，才符合规定？但这样符合人性吗？

“这样的常理我为什么要遵守？值得我遵守吗？

“谢医生，我来告诉你我为什么要帮助我的兄弟奥德彪，因为这里是他的祖国，这里是他的家！同样这也是我的祖国，这也是我的家！我们是一家人！”

我第一次看到理查失态地冲我喊出了声。

我喃喃地回答：“可是，你救不了奥德彪的，他已经快死了。”

我查过奥德彪的病历，他的肝病已经转化为了肝腹水，下一步就是肝癌。

布隆迪没有放化疗条件，肝癌在这里就是绝症，即使他们每天要了几倍药量的白蛋白，也是于事无补。

理查平静下来，笑了笑说，他已经和奥德彪聊过这件事了。他们商量好，如果奥德彪死了，就把他的骨灰撒在他家的后山上。

其实他们费尽周折来住院、不断地换班，不完全是为了救奥德彪，也是为了另一个人——奥德彪的妹妹。

“谢医生，你知道我为什么会帮他吗？因为我也是一个流民。”

而且理查也有过一个“哥哥”。

理查说，他出生于一个联合国建立的“和平村”，那就是一个收容流民的难民营。

村口有一个很大的板子，板子下经常摆着鲜花，板子上贴满了照片。

理查小时候只觉得那里热闹，喜欢在那儿玩。后来才知道，板子上贴着的都是流亡中失踪的亲属的照片。

虽然没有经历过流亡，但理查也没有自己的家。他母亲分娩时大出血去世，父亲在他很小的时候就扔下他离开了和平村。

理查在和平村里只有一间小小的隔断房。除了睡觉的时候，他都往外跑。这个村子就是他的家。

有一户人家对他特别好，做饭时总是给他留一份。他管那家的男孩叫哥哥。但后来， 场霍乱，他的“爸爸妈妈”和“哥哥”全都病死了。

从和平村出来后，理查享受到了极好的福利，包括买到奥德彪的房子，包括学习法语，得到一份政府的文职工作。

但比起那些因为他的衬衫对他高看一眼的人，他更喜欢奥德彪，尽管奥德彪粗鲁、警惕，但奥德彪是一个好哥哥。

第一次见面那天，奥德彪一个人举着一块石头，突然出现在了他家门口，要袭击他和妻子。

理查急中生智，喊了一声“哥哥”，结果奥德彪真的被唬住了，呆呆地看着他。后来他才知道，奥德彪真的有过一个死去的弟弟。

当时理查看奥德彪和他妹妹的衣着打扮，猜他们是无家可归的流民，于是打算收留他们一夜。但奥德彪立马拒绝了。

奥德彪后来跟我解释说：“在他的屋子里，他可以打死我，也可以强奸我妹妹，甚至可以做完这一切后再报警，说我是非法入室。”

理查退而求其次地说，可以在门口搭建一个屋子，供他和妹妹居住。他看出来奥德彪犹豫了，犹豫的原因大概是那个正在地里号啕大哭的妹妹。

奥德彪是来和理查同归于尽的。在出发之前，奥德彪把妹妹扔在了家门口的庄稼地里，让她随便吃，“都是自己家的”。

此刻，妹妹正在地里一边哭，一边拼命拔起庄稼，胡乱地扔在地上。

理查在奥德彪眼中看到了哥哥对家人的担忧。但当时，他并不知道，这个妹妹身上有更严重的问题。

如他所料，奥德彪为了妹妹住了进来。理查的妻子提出要帮脏兮兮的妹妹洗澡。

当天晚上，妻子哭着告诉他，这个女孩精神大概有些问题，她不让任何人近身，还拼命抓咬自己。当他想要去问问原因的时候，奥德彪把妹妹护在身后，露出了要拼命的表情。

当晚过了很久理查才从奥德彪口中知道，在他带着妹妹逃到埃塞俄比亚的时候，他们曾经遇到了一群土匪。奥德彪被打得半死，妹妹被按在地上侵犯了。他们还弄瞎了她的眼睛。

当时奥德彪吓坏了，他以为妹妹已经死了，于是自己逃跑了。跑出去很远后，他又觉得心虚惭愧，回到原地，才发现妹妹还有呼吸。

他背起了妹妹。从那天开始，他们一天也没有分开过，妹妹只会吃他手里递过来的东西。

妹妹看不见，但能听出哥哥的声音，但凡来的是陌生人，尤其是男人，妹妹就会又抓又咬，甚至把自己的指甲掰断。妹妹会在闹市中发狂，而奥德彪再也没有抛下过她。就像理查的哥哥，到死也没有抛弃理查。

理查决定，他不是要收留奥德彪一夜，而是真的把奥德彪当“哥哥”。他们会一起照顾妹妹，就像小时候在和平村那样，有的人回家时伤痕累累，但慢慢会康复。

他和奥德彪像邻居一样相处，从来不催奥德彪离开，有时候还会把自己的身份证和钱借给奥德彪，让奥德彪去镇上的酒吧玩。奥德彪不说的，他从不问。

他能够感觉到奥德彪对他仍然警惕，但他有决心慢慢证明自己。可还没等他们好好聊一次，警察就敲响了他们的房门。

后来的一次机会，我和奥德彪、理查三人坐在一起，终于补完了这个故事的全貌。

其实直到警察来的前一天，奥德彪对于理查还是将信将疑的。他甚至没有告诉理查，这本来就是他的房子。因为他害怕理查知道后，会收回那点高高在上的同情心。

他也想过，是不是理查早知道了这件事，只是想要通过糖衣炮弹打动他。警察来的那天，他觉得这肯定是理查忍不住了，要处理掉他和妹妹。

他努力隐瞒自己流民的身份，应对警察的问题，但接下来，警察们嬉笑着说，要检查一下妹妹是不是真的疯了。

妹妹怕得发抖，伸手抓挠警察。警察对妹妹动了手，奥德彪打了警察。他被捕了。当晚他就付出了代价，在牢里被打得很惨。

第二天警察们看到他的伤，反而告诉他说，如果不是你的“家人”给了一大笔钱，你应该会被打死在这里。

“家人”只可能是理查。

警察查出了他的身份，给了他一个叛国的罪名。奥德彪被判处两年有期徒刑。但从妹妹被强奸后，他就没有和妹妹分开超过两天。妹妹根本没有自理能力和交流能力。

奥德彪的妹妹应该是有很严重的创伤后应激障碍，陌生的环境、陌生的人，都会对她造成刺激，只有哥哥对她来说是安全的。

这种情况下，奥德彪坐牢，他妹妹真的可能会不吃不喝死掉。奥德彪万念俱灰的时候，理查带着妹妹来到监狱。

理查告诉奥德彪，他贿赂了狱卒，让妹妹能住在监狱的一个特别房间里，这样兄妹俩每天都能见一面。

理查救了妹妹一命，也是救了他一命。奥德彪想通了，无论理查是出于什么目的这么做的，他们扯平了。

理查接受奥德彪的那天，决定分享出自己的房子。奥德彪接受理查的那天，他决定不会再回到那间房子里。

他会放弃掉自己从小的家，让理查好好生活。

但就在奥德彪出狱准备悄悄离开的那天，理查和妻子竟然出现在了监狱门口，接他们回家。

“那一刻我仿佛不是出狱，而是旅游回国。”说到这里，奥德彪几乎手舞足蹈起来。

从那天开始，他们真正成为一家人。

坐在我身边讲述的时候，他们已经解开了房子的秘密。

他们共同决定，谁也不用从这个房子里搬走。从此以后，他们共用一个身份、一个名字，任何事情都不会使他们彼此嫉妒、争夺，一个人拥有的，另一个人一定会全都拥有。

理查给奥德彪找了一份搬运煤炭的工作，有时候理查会穿上奥德彪的衣服，去扛一天大包，然后带着满手水泡回家找奥德彪抱怨。

而奥德彪也会穿着理查的衬衫，顶替理查去上班。他悄悄告诉我，他觉得理查其实很孤独，因为那一整天都没有人和他说话。他很心疼这个弟弟。

不过，不管他们怎么伪装，有一个人总能分辨出他俩——那就是奥德彪的妹妹。

也许因为刚从牢里出来不久，妹妹还是只认奥德彪，见不到哥哥，她就会绝食。而奥德彪出狱后又越来越虚弱，不得不去住院。

于是两兄弟想出了这个换班的招数：每隔一天，奥德彪回去喂妹妹吃饭。而奥德彪住院的日子，理查就骑着奥德彪的自行车，假扮成他回家，用自行车铃声，提醒妹妹吃饭。

知道奥德彪得的是绝症后，他们更加勤快地每天换班，理查日复一日地去妹妹跟前“刷脸”。

他们想争取一点时间给妹妹。也许再多一天，妹妹就会信任理查，信任这个“小哥哥”。在奥德彪不在的日子里，这个新的家人，会陪她活下去。

这个计划里有一个小小的纰漏——理查不会骑自行车。

有一天，他不小心从自行车上摔倒，右腿划了一道5厘米的口子。也是这个口子，最终让我识破了他们。

很长一段时间，我没有敢再去内科病房。原因很简单，我为自己怀疑过理查而感到羞愧。

我实在不知道，自己还能怎么帮助他们。中晚期肝癌的治疗太难了。

当我正纠结着，突然有一天，两个西装革履的人来到了我的诊室，给我看了一张理查的照片，询问我他是否在这里住院。我点头承认，同时心里知道坏了。

“西装男”继续问我，最近是不是有人冒充理查看病?

我假装听不懂法语，手舞足蹈地跟他们比画了两下。西装男对视了一眼，无奈地离开了。

张望着确定“西装男”走了，我连忙跑去内科病房给他们通风报信。但走进病房的时候，我看到两人正肩并肩地坐在病床上聊天。

我知道我来晚了，已经东窗事发了。

理查面带笑容地招手示意我过去。我告诉他们可能会被检查，理查只是摆摆手说会解决的。好像没有任何担忧，我们坐在一起聊了一下午。

那天之后，我再也没有见过这两个人。

听朋友说，他们盗用医保的案子被查实了，理查可能因骗保而面临巨额罚款，甚至有牢狱之灾。

奥德彪及妹妹则因为非法入境，要被遣送出境。以奥德彪的病况，那几乎等于被判死刑。

在写这个故事之前，我又找了留在非洲的翻译老师去理查家里拜访。老师见到了理查的妻子和奥德彪的妹妹。

理查的妻子告诉我们，理查没有入狱，他正在四处活动，努力帮奥德彪回国。

而奥德彪的妹妹当时并没有被一起遣送，一直和他们生活在一起。她还是无法和别人交流、不能靠近男人，但在理查妻子的照顾下，她学会了好好吃饭。由于翻译老师是男性，只能远远看一眼，他说，她看起来很健康。

他们三人一起，都在等奥德彪回家。

瘘中心

2021 年夏天，我在非洲布隆迪首都的省医院里遇到了一个女人。

大部分黑人女性又高又壮，但她很瘦，似乎一阵风就能把她吹倒，走路时得一只手扶着墙，另一只手抱着下腹。

她看到我，松开扶墙的那只手冲我打招呼，努力露出笑容："萨瓦（你好）。"

她是一个直肠阴道瘘病人。某次分娩手术中，她的阴道一直撕裂到直肠。在这之后，她的排泄物会不受控制地从阴道流出，随时随地。

她做了无数次修补手术，但没过多久又会再次感染、粘连。因为无法再生育，又需要反复住院，她被抛弃在了这栋小楼里。

这座小楼叫作“瘘中心”，这里至少有 20 个类似的病人。他们浑身散发着臭味，有的不能控制小便，有的不能控制大便，有的始终在修补、感染、再修补的循环中，甚至可能因此死亡。

他们被称为“瘘病人”，“瘘”就是指那个永不愈合的口子。然而在我眼里，这根本就不是病，而是一系列不该发生的手术事故。他们都被人骗了。

刚来到这家医院的时候，院长就特别自豪地向我们介绍过，这是他们全国乃至全中非最好的“瘘中心”，专门用来收治瘘病人，政府为此拨了巨款。作为一名中国医生，我只觉得这很奇怪。

“瘘”不算一种常见的病症，由外伤或者长期溃烂所致，但大部分是因为术后并发症，比如分娩手术。

虽然手术有可能留下好不了的瘘口，但正常情况下不会。而这栋三层小楼里，住的几乎都是手术并发症的病人。大部分是妇产科手术后的女人。

一个健康的女人，原本可以没有基础病、没有胎位不正，可以正常地生个孩子，就因为倒霉，从此要不断做修补手术，甚至终身无法控制自己的大小便，这应该吗?

很长一段时间，我每天上班都绕着这栋楼走，掩耳盗铃，不愿意见到那群“手术失败案例”，因为受不了。直到我认识了少年罗塞夫。

在和罗塞夫成为“盟友”之前，我见过他两次，两次对他印象都不是很好。

第一次是在菜市场，我在采购，他突然不知道从哪里冒出来，拽住我的衣服恶狠狠地喊：“给我你的护照！”他的眼神像刀子一样，吓得我抓起包就跑。

后来本地人告诉我，这孩子本来计划卖惨，骗你给他护照照片，然后拿去酒吧赊账。但他业务太不熟练了，反而把你吓跑了。

这就是我对罗塞夫的最初印象，一个不专业的“小骗子”。

第二次见到罗塞夫，他满脸是血，被送到了我的诊室。送他来的是急诊科的护士，护士告诉我，这孩子在我们医院的瘘中心做维修小工，因为偷吃病人遗留下的食物，被病人的老公及家人误认为是小偷，痛打了一顿。

我让罗塞夫拿开堵鼻血的抹布，大概看了一眼。鼻骨骨折，而且鼻翼左侧的皮肤有撕裂伤，还得缝上几针。

我一边清理创面，一边奚落他：“来了医院还不老实？”

罗塞夫突然暴怒：“不！我没偷！”

每个音节他咬得都很使劲，以致血从鼻子里喷出来，溅满了我的白大褂。

罗塞夫竟然被这场面吓到了，像小孩似的重复说着对不起，想帮我脱下白大褂。但他忘记了自己手上也有血，一抓一个血印子。我喊着别动，为了让他冷静下来，干脆找了个话题，让他说说自己到底为什么被打。

罗塞夫说，他是吃了东西，但不是偷的，是瘘中心的那个女病人主动给他的，因为他帮忙干了很多活儿。

我问他为啥不说出来。

罗塞夫说，打他的是女病人的丈夫。他担心这个丈夫知道真相后，会去打那个女病人。

我愣怔一下。

是的，虽然我一直不敢去瘘中心，但想想也知道，那里不只是病人，也是女人的一种处境。

如果你身上一直散发着那样的臭味，也干不了体力活儿挣不到饭钱，那么你自然也不敢为了同情一个小工，得罪照顾你的丈夫。

但令我惊讶的是，这个小骗子竟然会知道这些人情世故，还为了保护别人，挨了这么一顿打。

我有点儿怀疑罗塞夫在编故事，但也只能暂且相信，没追究他差点打劫我的事，缝合的动作也轻了一点儿。但缝合完擦个汗的工夫，我还没下医嘱，罗塞夫就不见了，一起消失的还有我沾血的白大褂。

第二天一早，我就跑去瘘中心找他了——清晨的非洲还有些寒意，加上我也确实担心罗塞夫卷了我的白大褂出去招摇撞骗。

这是我第一次真正走进瘘中心。首先扑面而来的是一种难以描述的气味。这里相当于一个大旱厕，病人瘘口淌出的排泄物不可避免地会有味道，空气中甚至还有瘘口感染的腐肉气味。

我想快点儿找到罗塞夫就跑，但这里除了病人，竟很难找到护士。

我好不容易找到一个护士，刚说了罗塞夫的名字，她就“噢”了一声，告诉我罗塞夫在屋外修葺地面；接着，建筑工地的工人告诉我，罗塞夫在垃圾场焚烧垃圾；垃圾场的工人告诉我，罗塞夫被护士叫回去帮忙了。

我又转回了瘘中心。这罗塞夫是超人吗？谁都知道他，他啥都能干。

刚到病房，我就闻到排泄物的恶臭。

罗塞夫正在给一个瘦骨嶙峋的老人换造瘘袋，没戴手套、口罩不说，那换造瘘袋的手法和换垃圾袋差不多。

忙完这边，他稍稍在腰间擦了擦手，又转过来搀扶另一边的女病人下床。

好不容易有时间理会我了，他小大人似的说了一句：“等会儿聊，我得先带她上厕所。”

那口吻淡定得好像我的外科同事告诉我他一会儿有台开胸手术一样。要不是因为他脸上有我缝的针，我还真以为他大变身了。

我叫住了他，指了指自己的鼻子："你的填塞物该取出来了，一会儿来诊室找我。"紧接着带了一句，"洗完手再摸我的白大褂！"

直到下午临近下班，罗塞夫才姗姗来迟，把白大褂也还给我了。他洗得很干净，带着太阳的香味，简直让我怀疑不是他洗的。

我一边换药，一边跟他闲聊："你到底是干什么的，怎么感觉什么地方都有你？"

罗塞夫说，他在瘘中心就像是劳务外包，建筑工、护工、清洁工……只要是有人让他去做，他就得去做。

他没有固定的工资，那些使唤他的人心情好了，会给他小费或者吃的，心情不好则什么都没有。更莫名其妙的就像上次，好不容易拿了小费，又要挨顿打。

我说即使这样你也不能换造瘘袋啊，这是经过专业培训的人才能做的事。

罗塞夫说，护士们都嫌瘘中心脏，不愿意去，病人的造瘘袋一直都是家属换。这个老人没有家属，也只有他来代劳了。说的时候，他还摆出一副挺自豪的样子。

我严肃地说，你的操作有违规，这样会造成感染。

罗塞夫笑嘻嘻地说："他们怎么说，我就怎么做，违不违规我不知道，也不在乎，我只是'完成工作'。"

他很在乎这份工作。之前在菜市场打劫我的那个时期，他连住的地方都没有，晚上就睡在别人的铺子底下，不挡风不挡雨，有时还会半夜被赶走。

相比之下，他还挺感谢瘘中心的。

换完药，罗塞夫一溜烟地跑了。我坐在诊室里想了一会儿，觉得也许我该好好教教他怎么换造瘘袋。

这是我认识的第一个瘘中心的人，而这孩子看起来不是个坏人，只是没人教。

我无法改变瘘中心的存在，可如果能教好罗塞夫，那么这些可怜人至少会有一名合格的护工。

第二天一早，我就赶到了瘘中心。从罗塞夫惊讶的表情来看，他根本没想到我会再来。我不但来了，还一来就撸起了袖子，指挥他去洗手，去找护士要了双无菌手套，还有口罩和帽子。看罗塞夫面露难色，我又补了一句："就说我要的。"

我一面操作，一面向罗塞夫讲解步骤和难点：裁剪的底盘要微微大于造瘘口约2毫米。要均匀地涂抹防漏膏，用棉签蘸着生理盐水涂抹于造瘘口……

罗塞夫一走神，我就板起脸说："认真听，明天我要来看着你操作！”

他被吓了一跳，立马集中精神，目不转睛地盯着我的手。我忍不住笑了，这孩子狼狈的样子像极了实习时的我。

其实我根本没有权力管他，他只是下意识地听从我们中国医生的。想到这里我又有点心酸。

罗塞夫边换药，还边充当翻译，帮我跟眼前这位病人聊几句。这位老人是 5 年前因肠道手术感染做的造瘘。因为他终身都要带着这个造瘘袋，所以他的家人把他抛弃在这个瘘中心了。

老人总挂在嘴边一句话：“人生没多长了，忍忍就过去了。”

罗塞夫送我出瘘中心的路上，几乎每个病人都会乐呵呵地和他打招呼，他也会一一地将那些病人介绍给我。

一楼全是女病人，乍一看会以为是妇产科。但妇产科总有新生命的欢声笑语，而这里大部分女人都很沉默，有一种久病不愈的畏缩感。

只有一个叫丽贝卡的女病人令我印象深刻，她又高又壮，看起来也很精神。罗塞夫帮她晒衣服，她在旁边看热闹，还问我要烟抽。

罗塞夫告诉我，丽贝卡很喜欢瘘中心，因为“比起家里的劳累和丈夫的拳脚，疾病带来的痛苦不算什么”。

这些女人很爱跟这个孩子聊天，什么都跟他说，他则会帮她们洗一些大件的衣物、抬一些重物，手术后搀着她们四处走走，便于她们排气。

我问罗塞夫，为什么要帮她们？

罗塞夫误解了我的意思，他回答说，因为护士说了这些病人得少蹲起、少使劲，一不小心瘘口就会感染的。

我说："可是这和你没关系。"

罗塞夫理所当然地说，她们生病了啊，而且没家人帮助她们，这是我应该做的事情。

我顿了顿，突然转移了话题。我说你知道我们做操作前为什么要戴手套、帽子、口罩吗？

罗塞夫秒答："为了防止病人感染，你说过的！"

我拍了拍他的肩膀说，这只是其中的一个原因，还有一个原因就是——保护自己。

"所有事情都一样，先保护自己，才能保护别人。"

这孩子吃过很多苦，但仍然在努力向前。我希望他不要受伤。

我把罗塞夫几乎介绍给了每一个队友，告诉大家他在瘘中心照顾那些病人。医疗队的同事们都知道瘘中心的情况，愿意从其他方面帮助罗塞夫，比如让他来干点"小活"，然后给些小费。

罗塞夫开始经常到我诊室来等我们差遣。没事时，我跟他聊聊队里发生的事，聊聊中国，聊聊我是怎么治病的。他则跟我说说瘘中心的某某出院了，某某又做手术了……

再后来，罗塞夫似乎又忙了起来，来的次数少了，每次来还带着本书。我有其他病人的时候，他就在诊室角落里写写画画。

我想，难道他是跟我们中国医生走得近了，知道知识的力量了？想想还挺欣慰的。

有一次，队友叫罗塞夫陪他去市场买肉，罗塞夫蹦着跳着出去了，随身的稿纸落在了我的诊室里。

正好空闲，我好奇地把稿纸拿起来看了看。

稿纸上满满当当写了一大堆，又密又乱，有英语，也有法语，还有些看不懂的拼写，估计是本地语，看起来相当费劲。

我找了护士帮忙辨认，护士认了半天，又拿起罗塞夫带来的书看了一阵，告诉我这可能是份申请书之类的东西。

她说，内容她很多也看不懂，但里面一大部分是从书上抄的，而且拼写错误极多。

罗塞夫为什么写这个？他是在练习吗？

我将那堆纸原封不动放了回去。不知为什么，我有些不好的预感。

一次偶然的机会，我在医院的角落撞见了罗塞夫抽烟。我有些惊讶，这孩子连饭都吃不起了，怎么还有钱抽烟？他看见我过来，慌忙把烟头扔在地上，一同扔掉的还有一沓烧了一半的稿纸。

我捡起来看了看，上面又是那天那样英法夹杂的文字。

罗塞夫很紧张地看着我。我看他神情似乎不对，下意识地问起来，这到底是什么？你为什么要写这个？最后，罗塞夫终于承认，这些稿纸，是瘘中心病人们托他写的福利金申请。

事情的开端，是我见过的那个造瘘老人。

老人感到自己快不行了，想喊家人来给她收尸回故乡。但因为她的孩子们早已不接她的电话，不看她的短信，她只能写一封家书，想花钱请人抄五份，寄给不同的家人。她托罗塞夫帮忙找人，抄一份大概是 1000 布隆迪法郎（约 2 元人民币）。

罗塞夫觉得抄写不难，想自己接这个活，为了让老人放心，他还吹牛说自己有高中学历。在非洲，这是很了不起的学历。老人很放心地让罗塞夫去干这件事，甚至都没有检查就塞进了信封。

这件事之后，老人又问罗塞夫，既然有高中学历，会不会写申请书，能不能帮她向一些慈善基金会、疾病的基金会写救助申请？她的养老金和医保都已经所剩无几，想申请一些国外的补助金支付医药费。

也不知道罗塞夫是被虚荣心冲昏了脑子，还是被钱迷了眼睛，居然应了下来。他甚至利用了我们医疗队对他的关照，甚至声称自己可以让中国医生为她们做手术。

他的“生意”很好。这里很多人都被家人抛弃，也没有收入来源，亟须申请救助。罗塞夫给她们的价格是每份申请书 2 万布隆迪法郎（约 40 元人民币）。

在当地这差不多是普通人一周的收入，对病人来说，更是拿治病钱换的。

我问他会写这个申请书吗?

罗塞夫承认说，他不会，但那些病人几乎都是文盲，也发现不了。

我脱口而出：“你这是诈骗啊！这些申请是病人的希望！她们信任你才让你去做的，你怎么忍心骗她们呢？”

罗塞夫摆出一副无所谓的表情，他说，反正就算真的写申请书，也不可能申请到钱。造瘘老人识字，住进来 5 年间他写了不下 30 封申请，除了退回的信件，连个回信都没有。

“都在骗，为什么就我不行？我还会用我赚的钱给他们买东西吃，这些病人大多数连个探望的人都没有。”

我又从罗塞夫眼中看见了第一次见面时那种凶狠的目光。

我不想再对他多说一句废话，平静地告诉他，现在立刻把骗来的钱全部还回去，并且再也不要说和医疗队有关系，如果再被我发现行骗，第一次告知院长，第二次一定送他去警察局。

罗塞夫可能不是个坏孩子，但我们把他捧得太高，给了他太多权力。

回到医疗队的时候，我把这些事情告诉队友。

队友们支支吾吾地告诉我，他们早就发现罗塞夫会把我们给他的活“外包”出去，自己什么都不干，净赚差价。队友还说，经常看见罗塞夫在路边的啤酒摊上醉倒。喝酒的花费可不是一笔小钱。

没过几天，我也亲眼见到了罗塞夫喝醉的样子。

那天我坐着医疗队的车出去买补给，远远就看见罗塞夫在路边摇摇晃晃地走着。他也认出了我们的车，突然变得异常兴奋，跳起了当地庆祝的舞蹈，还跑上前对我们鞠躬，做出“请”的动作。

司机怕剐蹭到他，放慢了车速，谁知他变本加厉，跟随着缓慢前进的车，在车边用袖子擦车，表情十分滑稽。

我的火噌的一下就起来了，没等车停稳便冲了下去，提着罗塞夫的领子，将他扔到了旁边的沙堆上。

我彻底和罗塞夫绝交了，还专门去了一趟瘘中心，叮嘱病人们不要受骗。护士们告诉我，已经有一阵子没有见到罗塞夫了。

没有了罗塞夫，瘘中心似乎也没有什么变化，还是那么阴沉沉、臭烘烘的。

我准备离开的时候，有个女病人突然拿着一沓钱冲到了我眼前，抱着我的胳膊摇个不停，用哭腔说着什么。

我听不懂她说的本地语，想推又推不开，幸好上次见过的病人丽贝卡突然出现，帮我解了围。

丽贝卡告诉我："她在问你，中国医生为什么不能帮她做手术了。"

又是一个被罗塞夫骗的可怜人。

我跟着丽贝卡走出了瘘中心，丽贝卡又问我要烟，这次我给了。

她陶醉地吐了一口烟雾，良久，对我说："我知道罗塞夫那小子在骗人，我认识字的。"

我问："那你不怪他吗？"

丽贝卡说："我不怪他啊。他是个连花钱都不会的孩子，拿着那些钱，大部分都给我们买了吃的。而且他给了我们希望。"

"可是他在骗你们！"我强调。

丽贝卡拿走了第二根烟，认真地对我说："那不叫骗，他只是暂时没有能力做到而已。"

几天后，我来上班的时候，看见医院门口聚集了很多穿正装的人。我的护士玛丽告诉我说，是瘘中心有个老人走了，没人送别，他们医护人员自发组织送行。

玛丽还说，之前经常来我们诊室的罗塞夫似乎很伤心，走在队伍的最后边，一直哭个不停，她问我要不要去安慰他。

我很不耐烦地摆了摆手，告诉玛丽不可能。

玛丽犹豫了一会儿说，其实她觉得，罗塞夫不是个坏孩子。

她怕我被人骗了，在罗塞夫来治鼻子的第二天就打听过罗塞夫的身世。结果她发现罗塞夫竟然是个正经的高中生，他没有撒谎。

玛丽说，罗塞夫本来是家里的老三，母亲生老四的时候，和老四一起死在了手术台上，而且就在我们医院。

母亲死后，他父亲开始迷恋老虎机，卖房卖地，罗塞夫的高中学业也就没钱继续了。

再后来，他的父亲因诈骗入狱，他的两个姐姐接济了他一段时间，渐渐也顾不上了，他开始流浪街头讨生活。

罗塞夫只是个孩子。我因为对瘘中心的病人们心存不忍，鲁莽地改变了他的生活，又因为他没满足我的期待而发火。但从来没有人教过他什么是对与错。

丽贝卡说过，他只是还做不到而已。

我连夜查询、整理了几份常用的申请书模板，又找出了一本法语版的《妇产科学》。走到瘘中心门口，又有点不好意思。

就在我抱着书在墨色玻璃覆盖的三层小楼外徘徊的时候，罗塞夫突然出现了。

罗塞夫一上来就给了我一个大大的拥抱，像许久未见的亲人。接着他就在我怀里哭了起来，嘴里说着“都怪我”。

原来，前两天去世的那位老人，就是最开始托罗塞夫写家书的老人。

罗塞夫觉得，老人最终无人送终，甚至遗骸都不能回乡，是因为他没有写好那五份告别信。

当时他偷懒，只抄了开头和结尾，告诉了收信人老人快死了，但没有抄下老人那些感人的遗言。

他一遍遍地说，他知道错了，没想到会有这么严重的后果。

我不知道怎么安慰罗塞夫，只能抱抱他。

其实，老人快死之前院方肯定是通知过家属的，要不然谁来支付葬礼和墓地的钱呢？他们是真的不愿意来而已。

我拍了拍罗塞夫的肩膀，把手中的稿纸和那本书递给他。

我说："我知道你上过高中，所以这些申请书模板你可以慢慢学，再加上这本《妇产科学》，很快就能写出对的申请书了。"

那一个月里，罗塞夫好像变了一个人。

白天黑夜，我随时会收到罗塞夫的电话，问我某个字怎么写、某个语法怎么用。我那个月的话费快赶上在国内时的了。

护士玛丽告诉我，小罗塞夫现在写申请书不要钱了，只需要申请人自己买邮票。

一个月后，护士们都在传，瘘中心的小罗塞夫给他们申请到了第一笔援助，来自一个叫"妈妈联盟"的民间基金会。虽然只是几包成人纸尿裤和少量的奶粉，但已经足够在瘘中心引起轩然大波了。

我去了一趟瘘中心，想给罗塞夫道贺，但没有找到他，只有丽贝卡守在那里问我要烟。她抽着烟，笑吟吟地对我说："我就说他只是'暂时'不能做到吧。"

我很想问丽贝卡，真的觉得这笔援助有用吗？

这么好脾气的基金会不知道有几个，而且这些病人缺的根本不是钱或者纸尿裤，而是他们就不该生这个病，就不该被划开一个口子，扔在这栋楼里。正是因为有瘘中心的存在，那些医生才会有恃无恐，任由并发症出现。

我问过很多本地医护人员对这个瘘中心的看法，他们大部分是充满敬意的，说这是政府的福利，让这些可怜人有地方去。

只有我的老朋友托马斯，曾经趁着四下没人，小心翼翼地跟我说，这就像大坝决堤前在一旁挖的小泄洪池，看起来解决了问题，可早晚会完蛋的。

既然政府只补助瘘中心，那么瘘中心是不是一直得有病人？如果没有怎么办？从恶意揣测的角度来想，为什么瘘中心里没有一个“不小心”留下并发症的达官贵人？

这些话我不能跟已经病了的丽贝卡说，也不能跟罗塞夫说。这孩子已经“知错就改”了，难道我要告诉他，他以为对的事情，恰恰是更大的一个错误？然而这份平静被罗塞夫自己打破了。

那天，罗塞夫找到我，希望能通过我拜托医疗队的周大夫给他的朋友做分娩手术。这位朋友预产期已经临近了，现在就在医院住院。

第二天一早我就带着周老师去看了他的那位朋友。

查完体，看过 B 超单子后，周老师告诉我，病人是典型的头盆不称，而且是头胎，须要剖宫产。

我连忙提出，这位孕妇是我一个朋友的朋友，能不能请周老师亲自操刀手术？

一旁的本地妇产科医生不高兴了，直接打断我们说，为什么这么简单的手术要中国医生来做？为什么要搞特殊化？

我被她噎住了。作为援非医生，我们可以要求给送进医院的中国人做手术，但帮一个“朋友的朋友”确实过分了。

我只能回绝了罗塞夫。但我也跟他说，周大夫说了，虽然是剖宫产，可是难度不大，只是个常规手术，非洲医生也能做好，不用担心。

一个月后，我看见罗塞夫搀扶着那个“孕妇”，在瘘中心遛弯。女人的肚子已经瘪下去了，看来孩子顺利娩出了。但她身上有一股特殊的气味。

罗塞夫淡淡地肯定了我的猜测：“是的，子宫膀胱瘘。”

他说：“因为她夹不住尿，她的丈夫嫌弃她臭得像个厕所。”

我亲眼见过那个孕妇，我很清楚她的情况，不该是这个结局。

罗塞夫没有在他朋友的面前跟我多说什么，但临近下班，他再一次推开了我诊室的门。

我第一次看到罗塞夫这个样子。他穿着板正的西装，表情很平静，手里拿着我送给他的那本《妇产科学》。

书翻到了剖宫产的那一页，从那一页的褶皱程度来看，他翻了很多遍了。

我以为他要问责那个手术，但他问了我另一个问题："为什么会出现这么多瘘的病人？是不是这个瘘本就不该出现？"

我硬着头皮回答："对于你朋友的事情我很抱歉，但这个瘘是并发症，即使是中国医生来做，也有可能会出现。"

他好像没有听进去，而是按照自己的思路继续问："是不是这个瘘中心就不该出现？"

我只能打太极："存在……就有它的道理，起码那些瘘的病人有专门治疗的地方了。"

"在中国也会这样吗？出现问题不去找那颗划破裤子的钉子，而是补丁摞补丁吗？就当病人是流水线上的产品吗？"

我又看见了最开始罗塞夫拦住我时那种恶狠狠的眼神。

我没法再撒谎了，我只回答了他一个词："不会的。"

但罗塞夫甚至没有听到这个词，就摔门离开了。他心中早就有自己的答案了。

几天后，护士玛丽告诉我说，罗塞夫要走了。她问我要不要去送送他。

我问，他怎么就要走了。

玛丽说，因为瘘中心的修葺已经完成，不需要有人来维护了。

我不相信这个回答，再三追问，玛丽才无奈地告诉我说，他们都听说，院长那里拦下了一封建议取缔瘘中心的举报信。那是罗塞夫写的。那是罗塞夫用我教他的英语和法语写的。

我脱了白大褂就想去找罗塞夫，犹豫了一下，带上了几个面包和几支笔。

罗塞夫正在宿舍里收拾着行李。他的宿舍就在瘘中心后面，但此时这里只有他一个人。除了我，竟然没有一个人来送他。

我递上面包和笔，问罗塞夫需要我的帮助吗？其实我也不知道我能帮他什么。来到瘘中心前，罗塞夫一无所有，只能睡在菜市场，离开瘘中心之后，他该去哪儿呢？

罗塞夫给了我一个深深的拥抱，没有收我的东西。他说：“我并不需要你的帮助，但我的国家和人民需要你的帮助。”

他告诉我，他会继续坚持现在做的事情，会让这个地方变得更好一些。

他穿上了笔挺的西装，独自一人走出了医院的大门。我没有再听到过他的消息。

我一直觉得，罗塞夫可能会去从政，高中学历不低，学写申请的时候，他还问过我很多政策相关的问题，有些我一知半解的，他也能慢慢搞懂。

更重要的是，他会因为一个老人的死、因为一个孕妇的伤，完全改变自己。他能听见那些声音。

我想等着他成功，我觉得他会成功，会有那一天的。

就像丽贝卡说的，他只是暂时没有能力，可是他很快就会学会的。

黑丝带

从诊室的窗户看出去，我时常会被一望无际的非洲大陆惊到，接着就会想到，我的父母、妻子、女儿，都在距离这里8000多千米的另一片大陆上。

援非的日子是孤独的，我所在的诊室只有我一名医生。有次我用注射器的针头自制了一把耵聍钩，很得意，但想到要炫耀给护士得翻译成法语，又觉得太麻烦，就算了。

每天吃饭的时间对我来说都很重要，医疗队队友们齐聚在食堂，只有在这个时间，我们可以尽情地说中文，聊自己的故乡，说医院里的事。

那天，我刚走进食堂，就发现氛围不对。队友们边吃饭边聊着什么，眉头紧锁，怒气冲冲。

我坐下不久，妇产科的中国医生也来了，她手里没端饭，却提着一袋奶粉，站在门口墙边默默地抹眼泪。

我听了一会儿才知道，她带的奶粉是自费买给一个小病人的。一个 5 岁的孩子被送到我们医院，整个人瘦得皮包骨，嘴边都是烂疮，绿头苍蝇一直在他脸上盘旋。

非洲医院缺医少药，很多检查都做不了，我们无法判断孩子的病因，只知道目前他有重度营养不良、重度贫血。中国医生建议先给输血和深静脉营养，逐渐恢复后再做下一步治疗计划。

结果这个方法被穆邦达省医院的外科主任盖伊医生一票否决。他的原话是："你们的指南在我们国家并不适用。"在他的授意下，医院仅进行了最保守的静脉补液治疗。3 天后，孩子不治身亡。

亲手抱过那孩子的中国医生一直在哭，其他医生也义愤填膺，指责盖伊医生是杀人凶手，边说边把手机里孩子生前的照片递到我眼前。而我低头扒饭，一言不发。

我不知道要说什么。就在走进食堂前 1 分钟，我还以为，穆邦达省医院的盖伊医生是我在这片大陆上难得的志同道合的朋友。

我还记得，在医院门口他叫住我，笑着自我介绍说，他就是盖伊。他跟我身材相仿，挺胖，那天他穿了一件绷得紧紧的墨绿色 T 恤，T 恤背后写着一行桃粉色的英文：

KISS ME。

我们曾经一起抢救病人，一起躲在走廊抽烟，吐槽看不惯的领导，他帮我“撑过腰”。

我以为我们是朋友，但到这时候我才发现，了解一个人不是那么简单。

初来乍到的两周里，盖伊一直都是我们饭桌上的热门话题。

院长曾经在欢迎仪式上花了半个小时向我们炫耀这位全科医生，“从妇产科的剖宫产手术到骨科的常规手术，包括耳鼻喉科的内镜手术，甚至与彩超、CT相关的辅助科室的工作，没有他不会的”。

外科的队友说，每天早上他们做手术前，这位盖伊医生都会出现在手术室里，核查病人的基本信息、手术方式等。

这本来是麻醉科主任的活儿，盖伊却自行加了一道检查。有时候我们排的手术多，他来不及检查完，甚至会强硬地推后乃至停掉部分手术。病人病情危急，术前还会做很多准备来调整身体以备手术，他说停就停了，耽误治疗怎么办？

有时候我们在做手术，盖伊还会专门进来检查，碰到我们缝合做得比较慢，他会边摇头边叹气地走开，但又不说你做错了什么。

作为小专科医生的我，本来没有什么机会被盖伊“监考”。但有天上午，我正在看诊，突然被一名护士叫下了楼。

护士把我带到了急诊区，一个孩子正在号啕大哭。孩子左侧脸颊上有一道血淋淋的伤口，从头皮撕裂至脸颊，孩子的母亲正试图用纱布堵住汩汩流出的鲜血。

护士告诉我，她们找不到急诊科的医生了，所以只能来找我。

我的火噌就起来了。这样的事不是一次两次了，自从我们来了，本地的急诊科医生时不时就会“溜号”，任由护士找不到人，最终来求助中国医生。

我们都有自己的活儿，也不一定会做急诊的手术，但要是不去，他们就让病人在急诊区一直等着，从早等到晚。

我们知道，治这帮家伙唯一的办法就是坚决拒绝。但眼看着鲜血顺着孩子的下颌滴落到地板上，我再一次心软了。

我赶紧给孩子做了简单的包扎，让我的学生带着患儿及家属去拍头颅 CT，护士准备全麻清创缝合手术。

趁着他们离开，我跑回自己诊室，花了一个多小时看完了正在排队的病人。估计那孩子的 CT 该做完了，我又跑回急诊区。

我心里祈祷学生别坑我。不止一次，我回来时发现病人还坐在原地，学生已经躲到了某处“摸鱼”。但这次，护士却告诉我，患儿已经做完头颅 CT，甚至已经进了手术室 20 分钟了。

怎么这么快？我匆匆推开手术室的门，却在手术室里看见了一个身穿白大褂的人——盖伊。

盖伊开口就是一顿吹捧：“很漂亮的判断，我和您想的一样，也是要在全麻下进行清创缝合。”

我准备全麻是为了防止缝合中孩子疼痛挣扎，造成伤口缝不好而二次感染，是一种比较费事的方案，没想到盖伊竟然所见略同。

我不愿意就这么走了，也好奇传说中的盖伊做手术究竟如何，我干脆把手术助理赶了下来，自己戴上手套给盖伊做助理。

盖伊似乎也感觉到了我的目光，站姿变得僵硬。

一上台我就发现了个很恐怖的事情，孩子打了全麻，却没有插管，只扣了个面罩！

病人打了麻醉后，负责呼吸的肌肉可能也会被抑制，如果不插管进行辅助呼吸的话，很容易窒息。

我慌忙问麻醉师怎么回事，麻醉师根本没理我。他在用听诊器监听孩子的心跳，因为这里没有监护仪。

盖伊叹了口气，在一旁回答：“开台才 9 分钟，一个很小的手术，我保证在 20 分钟内完成。”速战速决，窒息的风险就不会那么大。

但他还是听劝地让护士手动测了一下孩子的血氧饱和度，测量结果为 89%。这不就是中度缺氧？我差点跳起来薅麻醉师的领子。

就在这时，麻醉师突然举手示意所有人安静，他把手中的听诊器往旁边一扔，开始给孩子做胸外按压。

孩子心脏停止跳动了！不知道是因为窒息还是因为麻醉过量，总之就是停止跳动了，就因为一个小小的清创缝合手术！

我还处于惊呆的状态，盖伊已经迅速从护士手中接过复苏球囊，一下一下地往孩子口中泵入氧气。

一下、两下，两分多钟后，麻醉师的表情放松下来。孩子的心跳恢复了。整整 3 分钟的抢救，我竟然什么都没来得及做，只是看着盖伊忙活。

从头皮发麻的紧张中回过神来，我的第一反应就是问责盖伊："你怎么敢在别人孩子的身上这么做？"心脏停止跳动有一半的可能就是因为他没有插管导致的窒息。

盖伊头也没抬，好像没听见一样，已经开始默默地缝合伤口。

麻醉师替盖伊解释："病人家里很穷，盖伊老师想给病人省钱。"

我也碰到过类似不得不压缩手术条件，冒险为病人省钱的情况，可是不到万不得已，我们不敢这么做。因为钱省在别人兜里，手术风险却在医生身上。

这是我的病人，甚至没有人告诉我这个病人如何强烈要求不插管，盖伊是什么时候下的这个决定？

手术室里安静了一会儿，盖伊突然开口问我："为什么这个小手术你要选择全麻？"

我指着孩子的脸说："我怕局麻孩子挣扎，缝不好会留瘢痕。"

盖伊的反应竟然是笑了："瘢痕？哪有愈合不留瘢痕的？瘢痕就是告诉这个孩子，下次坐车时要牢牢地抓住骑车的人。"

护士告诉过我，这个男孩受伤是因为从自行车后座跌落，脸着地。

盖伊手上正缝到孩子的面颊，我拦住了他，接过他手中的线，小心翼翼地开始使用小针做减张缝合。

我说："孩子还小，我不想他因为瘢痕被人嘲笑。"

盖伊默默地看着，7 厘米的伤口我足足操作了 30 分钟，他没有再因为我的动作慢而发出叹气声。

伤口缝完后，只留下了一条细细的红痕。我炫耀地对盖伊说，没见过这么缝的吗？

盖伊说他会这种缝合，但接着他摇了摇头，叹了口气，说："不愧是中国医生，可以不计成本地去救治每一位病人。”说完他便扭头离开了手术室。

我脱下手术服，正在擦汗，盖伊突然杀了个回马枪，看着我认真地说：“20 分钟是足够的。”

我回想了一下，确实，按他的缝针方法，20 分钟足够了，如果没有意外，孩子确实不用插管。

盖伊的心里好像有一把精确到毫厘的秤，谁对谁错，一场手术花多少成本，都要放上去称一称。

缝合时，我跟他提起了急诊科医生擅离职守的问题。我心想作为外科主任，他应该有权限治一治这帮人。

没想到他冷冷地回答说：“这件事你们也有责任。”

我瞪大了眼，他继续说：“如果你们医疗队第一次遇到这种情况，就举报或者制止，事情会演变成这样吗？”

我想说你是没看见孩子的样子，但盖伊没等我说话就继续说：“当然问题更大的是急诊科医生，我会去处理他们的。”

那天之后，急诊科“溜号”的现象一夜之间消失了。队友们摸不着头脑，我也没有告诉队友们我和盖伊医生的对话。这成了我俩的一个秘密。

盖伊工作的地方在东楼，我在主楼。每天早上，非洲医生们参与升旗仪式，我跑步路过时，会和盖伊打个招呼。有时候上班，我还会留意一下医院门口有没有他妻子的摊位。

盖伊的妻子在医院门口摆摊，这是我第一次见到盖伊时发现的。

其实在合作手术之前，我们就见过一次。那天早上我去街上打牛奶，突然被一个黑人叫住。对方问我是不是援非医生，热情地自我介绍说，他就是盖伊。

通勤车停在他背后，他刚从车上下来，跟我打完招呼，转身去接后面的人下车。我的注意力被盖伊搀下车的女人吸引了。她太瘦了，裸露在外的双臂几乎没有脂肪，眼窝深深凹陷着。

盖伊简单地介绍了一句“这是我妻子”后，赶忙搀扶住这个女人。他双手紧紧握着女人的胳膊，眼睛替女人看着脚下的路，整个过程无比耐心。

夫妻俩在医院门口行了贴面礼告别，盖伊走进医院上班，而女人则慢悠悠地坐到了树荫下，摊开了一块花布，上面有做好的麻绳和做麻绳的材料。

当时我很困惑，大部分非洲女性都比较忌讳出门，以盖伊医生的收入，即使孩子大了，应该也不至于让妻子在街上摆摊。

我心里觉得不对劲儿，但还没有好奇到上前追问。只是跟着走进了医院，开始了一天的工作。

在我耳边吐槽盖伊的人，从队友换成了学生。学生们不肯从我这儿轮转去他的科室，说他太凶了，没有教学，做错了就骂，感觉去他那儿什么也学不到。

按照我的性格，其实多带一拨学生也没什么，但想起盖伊又要板着脸说“你们也有责任”，我又觉得有些脸热。学生不轮转走，该跟盖伊学的东西学不到，对他们肯定不是好事。

我狠下心，直接拿起学生的书包塞进他们怀里，把他们推出了门。

门外一直喧闹，我等了半天不见平息，才发现吵嚷的不是被我赶走的学生，而是急诊科。

我出去看，才知道医院刚刚收治了一名官员，症状是头晕、呕吐。我看的这 8 分钟，人已经吐了 4 次了。

私人医院诊断为脑血管意外，怀疑小脑梗死，送来我们这里拍了个 CT，正打算送去比利时医院做进一步检查。还有人收集了他的呕吐物要送去警察局和检验中心，担心是下毒，据说官员昨天吃饭的餐厅，负责人已经被控制起来了。

同事补充了一个细节，要不是这位官员家的私人 CT 机恰巧坏了，人家都不会来我们这儿拍片子。

一动就吐，这个症状听起来好耳熟，这不是我们耳鼻喉科的耳石症吗？我拨开人群想上前给病人查体，但官员的随行人员立马拦住了我。

我眼尖地发现盖伊也在转运车上，立马扬声冲他喊：“盖伊，这是耳石症！”盖伊看了我一眼，院长已经把我推开，抬着担架就要上转运车。

我有点恼火，提醒道：“耳石症最怕颠簸，比利时医院离这里 100 千米，这是要他的命！”

一车人一下都僵住了。

我大摇大摆地回了诊室。过了一会儿，援非医疗队的队长跑来问我刚说的话到底有没有把握。

我还想问他怎么会说出这种话，队长转而暗示我，官员转走了没关系，要是在我手上治出个什么好歹，那就不是普通的医疗事故了。

队长走了，盖伊接着进来。我立马举起双手宣布，我的诊断可能是错的，赶紧让官员去更好的医院吧。没想到盖伊没搭理我，径直在我对面坐下，压低声音说：“现在病人在补液，我们有 5 分钟的病例讨论时间。”

盖伊竟然是这时候最信任我的人。

几个问题之后，盖伊迅速认可了我的判断，站起身打开门，向我做了一个“请”的手势：“你不是总抱怨我抢了你的病人吗？这次，我还你一个。”

治疗如我所料的不顺利。病人情况比较严重，一碰就吐，一吐脑袋就会动，耳石就又飘回去了，治疗迟迟没有进展。

耳石复位不用器械，不开刀、不拍片，就是扶着病人的脑袋转来转去，看起来很怪。我感觉周围的人都投来怀疑的目光。

如果在平时，我可能会缓一缓，让病人先住院，等到第二天或者他不是特别难受的时候再复位。但想到这位官员的地位，我根本没有退路。就在我无从下手时，盖伊俯下身，在官员耳边耳语了几句。

不知道他说了什么魔咒，奇迹发生了。在接下来整个诊断和复位的过程中，官员竟然真的忍住了没有动，甚至连手都没抬一下。

耳石复位成功，精疲力竭的官员立刻睡着了。

我舒了一口气，突然发现身上的衣服全都被汗打湿了。不得不承认，我紧张了，因为这个官员的身份。

各种语言的感谢和道贺声传入我的耳朵。随行人员几乎是一窝蜂地冲上来，一拨感谢我，一拨拥向院长，赞美他的果断决策。

我摇摇头说要出去抽烟。没想到，盖伊不知道什么时候也溜到了吸烟点，正抽着自己用烟丝卷的香烟。

他示意帮我做一根，我知道他们卷烟会用舌头封口，连忙拒绝了，自己蹩脚地学卷了一根。生烟不好抽，呛得我直咳嗽。

盖伊看着我笑问："为什么不去合影？"

我反问他怎么不去。盖伊哈哈大笑。这是我第一次看见他笑得这么开心。

我问盖伊刚才耳语的那句话是什么。像往常一样，盖伊先叹了口气，接着说："就是很简单的一句话，眼前的这个中国医生，是唯一一个把你当成病人看待的人了。"

盖伊说，官员最怕的就是其他医生心里有鬼，想拿他的病换功勋，所以这时候鲁莽一些反而好。

我不得不承认，盖伊比我更了解他的国家，知道怎么"救人"。如果只有我在，今天肯定要惹祸。

一支烟吸完打算离开的时候，我问了盖伊一个问题。我问他为什么不想教学生。他像以前一样，给了我一个奇怪的答案："我的人生观已经不适合教学生了。"好各色（性格特别）的人，我在心里吐槽。

盖伊没有再解释，这也是我们最后一次谈心。这之后没多久，因为两件事，我的医疗队队友们和盖伊彻底划清了界限。

第一件事，是因为盖伊阻止中国医疗队给一个病因不明的 5 岁孩子输血，导致孩子在入院 6 天后就去世了。医疗队的队友们说，盖伊给出的理由是"没有必要"。

第二件事，是源自住在医院里的母子二人。

这家的父亲因为车祸在医院不治身亡，本就不幸的他们却因还不上抢救费，在医院滞留将近1年的时间，只能靠乞讨为生。

有队友于心不忍，觉得这种方式也无益于他们还钱，医院只是泄愤而已。他们私下凑了30万布隆迪法郎（约600元人民币），打算给这母子三人“赎身”。没想到这件事又被盖伊阻止了，说他们医院的事不用我们管。

我实在想不出，有什么道理能解释这种决定。我怒气冲冲地跑到了盖伊的办公室，直接将30万布隆迪法郎摔在了他的桌子上。

盖伊好像早就知道我会来，因为他正对面的桌子上，摆着一根卷好的烟。就像之前每次对话一样，盖伊先叹了一口气。他将卷好的烟点燃递给了我。

我没有具体提问，但显然他知道我在为谁打抱不平。他回答说，他有两个考虑。

第一，医院的大门是敞开的，那母子三人不走，是因为他们在这里还能乞讨，还能遮风挡雨，出去更是一无所有。

“你们缴清费用真的是在救他们吗？还是在满足你们那份虚荣心？”

盖伊也解释了他为什么不让我们给那个5岁的孩子输血。

他问："你们能给出孩子的具体诊断吗？就算输血一时保住了他的性命，后续治疗能跟上吗？

"如果折腾了一番孩子还是死了，那么你有想过，所有这些治疗费用，要谁去承担？"

我掐灭了香烟说："那你觉得应该怎么办？都不用治了吗？"

盖伊说，他的第二个考虑，正是因为他想解决这些问题。扣押这家人不是医院的单独行为，而是有法律背书的。

他当然可以凭个人的力量网开一面，或者让中国医生捐钱，先放走这母子三人，但法律不变，其他的医院里还是有人在受苦。

他希望用这件事提醒政府解决问题。就像急诊科"溜号"的问题，如果我们不管，有一个病人被放到晚上，事情闹大后其他病人就不用在急诊室苦苦等待。

母子三人的天平另一端，他衡量的是许多的其他人。

他问我还记不记得我们合作的那台手术。他说，他很羡慕我。

中国医生可以花 30 分钟为一个孩子缝合伤口，只为了让孩子不留瘢痕。他不是没有这个技术，可他没有这个时间。院长夸他是"全科医生"，那意味着他一直在被各部门借来借去，他根本不是真的在治病，病人也没有得到好好对待。

他想治的是这一切。

按这个逻辑，那母子三人就该被关在医院里，直到布隆迪政府幡然醒悟，解决这一切。

我没办法反驳，因为他比我更了解他的国家。

我在走之前，又忍不住回头问盖伊："那两个被扣在医院里的孩子，你看过他们的眼睛吗？"

盖伊摇了摇头。

我说："他们的眼睛里没有光。他们知道他们家欠了医院的钱，甚至从来不敢和医院里的其他孩子玩耍。

"你的目标很伟大，可是这些孩子的生命怎么办？"

我想，我们都没有错。

半个月后，我们突然收到了一张结婚请柬，来自盖伊。

大部分队友仍然因为那母子三人的事记恨盖伊，自然不会参加。小部分队友则在困惑，盖伊不是有老婆吗，在医院门口卖麻绳，怎么又结婚了？

但就在婚礼前一天，我在楼上抽烟时，远远看见盖伊坐在楼下长廊里，对着手机抹眼泪。

麻醉师走过来问我要烟，我指了指楼下哭泣的盖伊，打趣说："他是喜极而泣了吗？"

麻醉师诧异地看着我说："你没看请柬上的名字吗？哪里是盖伊的婚礼！"

我才意识到，因为过于讨厌盖伊，我们都没有仔细看过那张请柬，就丢到了一边。

麻醉师告诉我，结婚的女人是盖伊儿子的未婚妻，新郎却不是盖伊的儿子。因为盖伊的两个儿子，早在5年前就去世了。

麻醉师告诉我，5年前，这里发生过一场严重的恐怖袭击，盖伊的妻子和两个孩子都受了重伤，和另外10名伤员一同被送到医院。

但当时值班的医生被调走，去抢救一个“更重要”的人，就像本该在耳鼻喉科坐诊的我，被调到了急诊科一样。

那天的医院里，只有盖伊一个人。他独自战斗了整整15个小时。10个病人只活下来3人，包括他的妻子，不包括他的两个孩子。

死亡病人的家属来医院找盖伊闹事，一半人说他为了救活自己的妻子，抛弃其他病人，另一半人说他因为没有救活自己的儿子，拿其他病人撒气。

我问，盖伊是亲手治死了自己的两个孩子吗？

麻醉师回答说不，他根本没有治疗。盖伊判断他们不可能被救回来，所以直接放弃了。

他亲手给自己的儿子系上了黑丝带，标志着放弃治疗。即使那一刻，他们还在呼吸。

那天晚上，盖伊不是只救活了 3 个人，而是因为放弃了包括他儿子在内的 7 个人，他才有时间去救那 3 个人。

就在上周，我们医院也曾接诊了一批遇到小规模恐怖袭击的伤者。送过来的病人在楼下分诊，已经死亡或不可能救活的病人系上黑丝带，危重病人系上红丝带，暂时稳定的病人系黄丝带。

我清楚地记得，我曾亲眼见到一个被系上黑丝带的女人。作为一名耳鼻喉科大夫，那是我见过最恐怖的伤痕，她的耳朵被三道深可见骨的刀伤划开，伤口撕裂有两指宽。

我手上的血还是热的，但我没有时间悲伤，匆匆放下她，奔向系着红丝带的病人。

平均每个红丝带病人至少要花两三个小时去抢救，碰到严重情况，十几个小时救一个人也有可能。但在后面等待的每一个黄丝带病人，都可能随时变成红丝带，甚至变成黑丝带。

我不由自主地想，如果有一次，没有分诊，没有其他医生，我要怎么做这个选择？我要怎么算生命的轻重？

盖伊必须精确，只有没有感情的天平，才能做出这样的选择。在牺牲其他人之前，他已经是那个被牺牲的人。

认识盖伊的几个月里，我只见过一次他的失态。

那天中午，我正在看诊，诊室的门忽然被撞开。盖伊抱着一个男孩冲了进来。

当时正在诊疗的我和病人都吓了一跳，我赶忙迎了上去，以为他怀中的孩子有生命危险。

结果我只看到孩子耳后有一大块擦伤，伤口虽大，但连血都没流多少。

盖伊十分紧张地问我，能不能不留瘢痕地缝合。

我还在记仇之前急诊缝合的事儿，呛他说："哪有愈合不留瘢痕的啊，这个瘢痕就是要告诉孩子以后小心点儿。"

我以为盖伊这么紧张，受伤的肯定是他儿子，但盖伊却摇头否认了，说是路边的一个孩子，被他妻子弄伤了。

盖伊告诉我，他的妻子在 5 年前遇到过一次恐怖袭击，幸存下来后，对暴力事件、聚集的人群和号啕大哭的孩子，都有一些应激反应。

今天下午，这个受伤的男孩在医院附近拿着玩具枪在欺负另一个男孩，他妻子一时激动，就把这个男孩重重推倒了。

我才明白盖伊为什么把她带在身边。但我还是忍不住问盖伊："这么小的伤口，你怎么自己不包扎？不是说你也会那种缝合吗？"

盖伊没有回答，直到我完成缝合，要把男孩交还给他时，他突然向我鞠了一躬。

他说："谢谢你，现在的我没有办法给'和自己有关'

的人做手术，我会想起不好的事。”

他略带失落地呢喃了一句：“要是你们一直在就好了。”

我险些忘记了那句话。麻醉师告诉了我另一个消息：盖伊要走了。

很早我就听说，盖伊想离开这家医院，但一直被院长驳回。麻醉师说，可能是上次我成功医治官员的功劳，帮盖伊如愿了。

我以为盖伊将要调去更好的医院，但麻醉师说，听说是北边一家更破的医院，盖伊妻子的娘家在那里。

那家医院也许无益于盖伊施展他的宏图大略，但他妻子无疑能得到一份宁静。

麻醉师也听闻中国医疗队为那母子三人和盖伊闹翻了，于是补充道，你们不知道，在你们来之前，是盖伊一直在为他们提供饮食。

他还说，就在昨天，盖伊已经帮那母子三人把欠款结清了，并且打点了很多人，让那母子三人继续在医院住下去。

麻醉师说，如果你还有什么不解的话，就尽快去跟盖伊医生说清楚吧。

周一我起了个大早。盖伊就在他的办公室里，那间办公室变得很空，他几乎都收拾完了，好像只在等我来告别。

我有很多问题想问，但最终我只问了那母子三人。我问："你为什么要改变自己的决定？"

他又叹了一口气，回答说："你说得对，不应该让一些人成为'燃料'。"

我想让盖伊收下我们之前为母子三人筹的30万布隆迪法郎。他一个人帮母子三人还清欠款，想必负担也很重。但他一直摆手推拒，说两个富翁间就别客气了。

我露出困惑的眼神，他笑了，指指心脏说："这里富有。"

他向我挥挥手，又走上了那辆通勤车。他竟然还穿着那件很丑的墨绿色T恤，背后写着"KISS ME"。他真的很喜欢这件衣服。

我们没有拥抱，可我觉得，这已经足够了。

一场马拉松

2023 年 11 月的一个早上，我和往常一样，从中国医生的宿舍出发，绕着医院晨跑。跑到医院大门口时，发现氛围有些不对。

医院的大门紧锁着，有几个保安手握着棍子守在门口。大门外正围着一大群人，用本地语大喊着什么。时不时有人冲到门栅栏前，保安就用棍子敲开他们的手。

医院工作人员不让我靠近，我带着一头问号回到宿舍。正和队友们聊着呢，突然有个女孩冲了进来，喊着求我们救救她的男朋友。

这个女孩叫艾米莉，是穆邦达省医院的护士，因为会英语，经常跟在我们几个援非的医生身边做护士兼翻译，我们跟她还算熟悉。我跟她的男朋友有过一次交集，我对他的印象挺差，感觉是个“麻烦人物”。

只是做医生总不能见死不救，听说那男孩“外伤致左腿骨折”“头皮挫裂伤”，骨科、外科医生连脸都没洗就跟着去了。

我是耳鼻喉科的医生，去了也帮不上忙，当天就正常上班。在办公室里听到本地医生议论纷纷，说医院门口这些人都是为了今天入院的一个病人来的，他们喊着要弄死他，否则不肯走。

没想到事情闹得这么大，我有些懊恼没有提醒队友们小心。我在走廊上徘徊，终于看见早上去帮忙的骨科医生从办公室里出来，连忙拦住他问情况如何。

骨科医生说今天这病人不知道啥情况，有个没穿警服的人用警察身份命令他停止治疗，交出病人。“干了这么长时间，我还是第一次碰到命令医生停止救人的人！”

我问他真把病人交出去了吗。他哼了一声说怎么可能！他把警察赶走了，护士已经在准备手术，马上开台。说着就跟我摆摆手，跑进了手术室。

隔天下午，我终于见到了这个引起大乱的病人——护士艾米莉的男朋友。他左腿打着石膏，额头捆着绷带，虚弱地躺在病床上，艾米莉则趴在病床边掉眼泪。

一旁，护士艾米莉的哥哥臭着脸对我说：“谢医生你可算来了，赶紧劝劝我妹妹吧，我真怕哪天我妹妹也被连累得躺在病床上。”

我叹了口气，一时没有说话。一个人人喊打的男孩，一个死心塌地的女孩，他们之间的事情，远没有看起来那么简单。

艾米莉的男朋友叫奥利维，我第一次见到他，是他因为严重鼻出血被送来医院。血管破裂，咽下的血液太多，以至于刺激到了胃黏膜，他在急诊室吐得一塌糊涂。

我好不容易给他止住血，出去忙别的病人，回来却发现奥利维的鼻腔填塞物被拿掉了，血又像自来水一样往外流。

开始我还以为是因为塞得太紧他头痛，所以自己拿掉了。同样的事情发生 4 次后，我悄悄潜回了急诊室，看见我的病人在被两个彪形大汉扇耳光、拳击、膝顶，鼻腔填塞物早就飞出去了。这架势，简直就是要在我的诊室里上演一场虐杀。

我想阻止，两个壮汉愤怒地对我说了一串话，我只能零零散散听懂几个单词，大概是说这个病人骗了他们。

奥利维当时一言不发，没有为自己辩解一句。我有些犯嘀咕，在国内的时候我碰到过类似的事，两个男人带着一个鼻骨骨折的病人来复位，结果填好的膨胀海绵“不翼而飞”了 3 次。第二天有警察来了解情况，我才知道昨天那个病人是个猥亵犯，而陪着他的两个男人是受害者家属，估计是打了一顿怕出人命，带到医院里来再打。

但现在不清楚情况，我还是坚持让壮汉停手，说无论如何不能在我的诊室里伤害病人。

我想叫个护士来照顾这个病人，但等我带着护士回来的时候，奥利维已经自己拔针跑了，医药费也没有交。

第二天，我就因为这次算不上“站队”的帮助，遭到了报复。我发现自己的手机被医院的路由器拉黑了。

在布隆迪，网络是个“战略资源”，没有无线网络只能用昂贵的国际流量，信号还奇差无比，一不小心就与世界失联。被拉黑的问题很严重，我找到了姆潘达省医院的网管，却被对方告知，他是故意的，就是为了报复我，因为昨天我给奥利维看病了。

网管告诉我，那个男孩是他妹妹的男朋友，但也是个靠不住的“黄毛”。

奥利维是马拉松运动员。在布隆迪，马拉松运动员的地位特别高，因为这个国家有史以来拿过的唯一一枚奥运金牌就是男子 5000 米中长跑。每周五下午，几乎全城的人都会上街跑步。奥利维从这些人中脱颖而出成为运动员，算是个小网红，名气大，争议也大，网管说，他说话做事很得罪人，总是惹麻烦。

现在，见到医院被围攻，我才意识到什么叫“惹麻烦”。

至于在我的诊室流鼻血那次，网管告诉我，是因为奥利维收了别人的钱答应比赛时成绩造假，却吭哧吭哧跑到了前几名。下了注的金主不满意，自然要打他。

网管其实算是个有钱人家的少爷，不然也学不了电脑这种布隆迪的稀罕物。他的妹妹艾米莉在医院当护士，一家人可以算是布隆迪的小资阶级，对于奥利维这样的人自然百般看不上。

本来那天网管想叫妹妹来看看奥利维被打的窝囊样子，没想到没等他叫来艾米莉，人就被我治好逃跑了，所以他对我很不爽。

他提了一个很荒谬的要求，让我给他妹妹介绍个新的对象，才能把我从黑名单里放出来。我嘴上答应着，心里已经想好了敷衍的办法。

我挑了个有空的早上，去了网管妹妹艾米莉负责的内科病房，开口就是一句："给你介绍个男朋友要不要？"

艾米莉旁边的同事们都开始起哄，艾米莉有些不好意思地把我拉到一边，先是礼貌地问了我的身份，接着温和地摇了摇头说："非常感谢你的好意，但我有男朋友了，而且我非常爱他。"

她说："哥哥一定告诉过你，奥利维惹了很多麻烦，但在我看来，那不是麻烦。"

她告诉我，她爱上奥利维，是因为一次活动，这个男孩在马拉松的终点线上举起了一个展牌：适龄女性都应该返回课堂学习。

艾米莉告诉我，在布隆迪，马拉松比赛是为数不多会在电视转播的运动之一，能跑到前几名的选手，就可以利用摄像头拍摄他冲线的时刻，展开带有商标的条幅，成为一个活的广告位。但奥利维举的不是什么收费的广告，而是各种各样他觉得需要被关注的社会事件。

当时，艾米莉参与了国际妇女儿童保护组织的一个活动，倡议适龄女性返回课堂。因为收入水平、性别歧视等问题，布隆迪的女性受教育率极低，这个活动想倡导大家关注这一问题，得到国家拨款。

在市集里看到这个标语的时候，艾米莉特别兴奋，但她身边的人都给她泼冷水。尤其是她的父亲，作为一个小资阶级，直接轻蔑地告诉她，教育就是用来区分阶级的。

艾米莉还是瞒着家人参加了活动，她们去了当时街头人群最多的地方宣传，也就是马拉松比赛的赛场。但不管怎么呼喊，也没人愿意听她们说话。

就在这时，奥利维从她的手中接过了条幅，走上了起跑线。他在终点展开条幅跑过的时候，“我觉得像是我脑中的神明，跑出来帮我了”。

我听得不由得屏住了呼吸。那个画面确实挺“杰克苏[1]”的，倒也理解了艾米莉为什么这么喜欢他。

但仔细一想，又觉得这件事有点儿戏了，举个广告牌、喊个口号，实际作用能有多少呢？总觉得有些少年意气，耍帅而已。

然而这么做之后，带来的麻烦是实打实的。这不，现在奥利维又被打进了医院。

艾米莉告诉我，这次奥利维举的横幅是“要求惩治暴力执法”。

他指向的是前年很出名的一桩案子，有个警察酒后跟人发生争执，以执法的名义将一个陌生年轻人鞭刑致死。这个案子一直到现在也没有进展，那个警察没有受到任何惩罚，相反已经在其他警局上了一段时间班了。

因为这个横幅，比赛结束后，警察直接把他带走暴打，是围观群众把他解救出来的。

来到医院后，警察还想趁医生不了解情况，要求医生把奥利维交给他们。幸好骨科医生“不分青红皂白”地保护了自己的病人，不然奥利维可能连命都要赔进去。所以当时医院门口的群众非但不是为了报复奥利维，正相反，是来保

1 杰克苏（Jack Sue）又称汤姆苏（Tom Sue），指文学作品中的男性主角，通常人缘超好，而且一帆风顺，即使受到挫折，也只是为追求女孩增加好感。

护他的。

我看着躺在病床上打着石膏的奥利维，有点儿又好气又好笑。我问他，关注社会议题，就不能做点儿实在事吗，就像有句话说的，你觉得什么不好，就去改变它。举举牌，影响能有多大啊？

但奥利维置若罔闻，撑着一口气还在问我，能不能让他早点下地，骨科医生说他 3 个月后才能恢复训练。我说我是医生，不是神仙，提早下地腿断了会更难康复。

奥利维以为我还在因为第一次见面的事情误会他，急忙解释道，那一次挨打，确实是因为他收了钱假跑，但他是不愿意要钱的。

“如果不要钱、不合群，他们会有很多办法刁难我，比如让别的选手故意跑在我前面压我的速度，比如在休息点不给我水。我必须赢，已经没有俱乐部要我了，我如果跑不进前五，就没办法再参加比赛了。”

奥利维说，那天他跑完就说要还钱，但来看着他的两个手下非但不让他还钱，还往死里打他。他才意识到，这两个人可能在贿赂中拿了回扣。如果他把钱退回，他们就会暴露。

所以那两个人在的时候，奥利维无法辩解。但因为我的打岔，他抓住了机会逃跑，已经把钱送回给了那个老板。

不收钱无法出发，不拿名次就不能再跑，没有我打岔他就会被打死，这里面每一步都是孤注一掷，他从没选择过缓和一点的解决方式。不知道为什么，我有一种感觉，这个看起来无比健壮的男孩，身上好像浮着一层死亡的阴影。

我曾经有一个这样的朋友，总是在每一次比赛中拼尽全力，做到150%，最后过劳猝死。

我总觉得，他们这样的人，一次次冒险，不计后果，不像是为了赢，倒像是慢性自杀。

奥利维不是个坏人，有着最本真的善良，关注的都是善意的事情。但他像是一个潜意识的失败主义者，从没计划过长线的胜利，而是选择了最吸引眼球却又最无用功的形式。

看到伏在一边哭泣的艾米莉，我叹了口气，喜欢这样一个人，一定是件很辛苦的事吧。

这边小情侣还在内科病房待着，我却突然被新来的实习生杰克问了一个问题："谢医生，你是不是忘了跟某人的约定，还没给我介绍对象呢。"

我吓了一跳，这才想起答应网管说媒这件事。原来网管不只找了我，还早就联系了他理想中的"妹夫"。

这个杰克是我的实习生，和大部分布隆迪的医学生一样，也是家境优渥、谈吐文雅，和艾米莉的家境匹配。但知道小情侣的爱情故事后，我觉得他肯定没戏。

我劝杰克说："人家有男朋友的，不可能让你去挖墙脚吧。”

杰克反问：“你不觉得艾米莉有些可怜吗？一直被那种可恶的人精神操控，被那个疯子欺骗。”

我有些不高兴了：“你别听某人乱说，奥利维人很不错的。人家做了你们这种公子哥做不了的事情，帮助了许多你们压根不知道的人。”

杰克也正经起来：“奥利维并不是替正义发声，只是在哗众取宠，举一个牌子而已，没有实现什么实际价值，却招来麻烦。他做了自己的选择，但我们不能眼睁睁地看着一个女孩被拖累。”

他说了一个很奇特的比喻，他说不知道你有没有见过布隆迪雨季的高山，如果夜晚登上山顶，会看见美丽的残月和星空。但有的人被半山腰的阴云挡住，无法前进。

他觉得奥利维就像那种人，困在仇恨的阴云中。

我是不想劝了，随他去吧。

第二天下午，杰克肿着脸、举着冰袋来了。跟在他后面的是艾米莉，手里拿着一把钱，努力要塞到他手里。他不要，两人推搡之间钱掉在了地上。艾米莉比较犟，扭头就走，直到地上的钱被风吹走，两人愣是没一个低头的。

我问杰克怎么回事。

杰克很直白地回答：“我跟奥利维打了一架。”

原来，杰克从我介绍的“中国外卖业”中汲取了灵感，把艾米莉社交软件的头像打印出来，放进精致的相框，并配上了华丽的配饰及包装盒，直接让一个孩子送到了艾米莉手中。

尴尬的是，当时艾米莉正陪在奥利维床前。

礼物送到后，杰克又跑去病房里跟艾米莉告白，结果被痛打了一顿。

从那天开始，奥利维每天都会自己拄着拐杖在院子里绕圈，说是锻炼，但我们都觉得，他是被杰克气到了，想尽快站起来，实际完全是在伤害自己。这倒是符合我之前对他的印象——一个并不爱惜自己的人。

艾米莉找我劝劝她男朋友，我想是自己学生惹出来的麻烦，也确实该我去劝。

见到奥利维时，他正拖着断腿在院子里努力地快步走着。见我走来，还没等我说话，他就主动开口："谢医生，我正在整理我和艾米莉的关系，可能还需要一些时间。"

我摆了摆手说："我不是来管你的感情问题的。我是想以医生的身份来劝你，不要再拿自己开玩笑了，身体和前程都是。"

我听骨科医生说了，他一直嚷嚷着要参加 3 个月后的那场比赛。骨科大夫恨恨地说："让他去吧，两条腿去一条腿回来。"

我问奥利维到底为什么要去。

奥利维说，他想在那次比赛的终点线为一对母子举牌。那对母子被家暴，女人却无法离婚，他希望社会能关注到他们的离婚判决。

这件事对他有十分特殊的意义，那是他第一次举牌帮助的人。

几年前，他在比赛的准备区碰到那对母子发传单，哀求每一个走过的运动员帮他们举牌。奥利维这才知道，马拉松比赛还有这个意义。

他接过了他们的传单，那一次，他没有考虑任何为谁破风、跟着谁跑的要求，就是闷头跑，跑到了第一，站在媒体镜头前诉说了那位母亲的困境。

他一直记得那一次的感动和振奋。可是最近他才听说，那位母亲的离婚申请还是被驳回了，那对母子仍然陷在家暴的深渊中。所以他想帮人帮到底，在下一次全国比赛的决赛中为他们举牌。

我不赞同地摇了摇头。先不说上次举牌没用这次为啥就有用了，他的身体压根就不可能再拿一次第一。就算他不为自己着想，也该为艾米莉想想吧，他把腿跑残了，艾米莉可就两难了。

艾米莉对他是真好。奥利维这次住院，本该住到条件最差的骨科病房，艾米莉不知道用了什么办法，把他送到了挂着新蚊帐的内科双人病房，说这是救了他一命都不为过。

今年夏天，整个骨科病房的病人几乎都感染了疟疾，奥利维却得以幸免。

听了我的话，奥利维沉默了片刻，忽然，他抬起头告诉我，他会找个合适的时间，告诉所有人他和艾米莉结束情侣关系。

奥利维用磕磕巴巴的英语说："谢医生，你们拥有的、能做的都太多了，而我不一样，我现在能做的就只有这一件事，也只有这一件事是我能做好的了。"

他说，从小家里很穷，靠在外面偷东西养活自己。开始跑马拉松，是因为有个警察在抓捕他时顺嘴夸了他一句跑得快："要不是开车还真抓不住你"。

刚开始跑步的那几年，他觉得自己简直是脱胎换骨，从小混混到万众瞩目，甚至想象着自己有一天可以夺冠，代表国家出国比赛。家人们不支持他跑步，觉得他痴心妄想，他与家人对抗，离家出走。

他的母亲在他离家的时候病死了，他没有见到母亲的最后一面。

他的跑步成绩也触到了天花板。他太贫穷了，要花大量时间做杂活，打扫休息室、洗训练的毛巾、给训练后正式队员的肌肉排酸，没有好的营养、训练方案，他根本不可能改变命运。

"每次有亮光我都会跑过去，但我抓住的光很快就灭了，回去的路看不见了，前面好像也没有路。"

最绝望的时候，他遇到了那对母子。不是他救了那对母子，而是那对母子救了他。

我们看起来是冒险的事情，其实是一件一件积累起来，在把他绝望的人生接续起来。所以他无法放弃跑步和举牌，只能放弃艾米莉。

奥利维苦笑着说：“还得谢谢杰克打醒了我，确实，我从确立关系的那一天开始，就没考虑过艾米莉，在一起更多的时候我谈的都是自己的事情，甚至连像样的礼物都没送给过艾米莉，我留给她的总是麻烦和担心。”

“我很羡慕杰克，因为我永远不可能像杰克那样，给艾米莉幸福与稳定。”这成了奥利维那晚对我说的最后一句话。夏天的夜晚下起暴雨，他向我摆摆手，回了病房。

我终于知道，这个男孩身上死亡的阴影从何而来。因为他确实没有未来，只能跑一步看一步而已。他和艾米莉分手，就像是迎接必然的失败的第一步。

第二天早上我一见到杰克，就很直接地问他：“你到底是真喜欢艾米莉，还是只想玩玩？”

杰克笑吟吟地答非所问：“谢老师，艾米莉可不像你想的那么简单，你知道吗，她曾经一个人开过一个工厂，是个很厉害的姑娘。”

他的笑容像往常一样温和礼貌，此刻在我眼里却很烦人。我认真地把奥利维昨天说的话都告诉了杰克，告诉他奥利维对艾米莉的用心，如果他只是玩玩的话，还请他放过这两人。

杰克收起了笑容，一脸严肃道："谢老师，你别被他骗了，他说这么多也许是觉得自己快失去艾米莉了，如果真的喜欢艾米莉，就得做出改变，而不是让艾米莉一味地妥协，我这么做是在帮艾米莉，也是在帮他。"

我被他气笑了："你在帮他俩？你居然能把'挖墙脚'说得这么高尚？"

杰克反问我："谢老师，你觉得他做那些事是为了出名，还是真的为了帮助那些人？"

这个问题问得不怀好意，我以为他又要讽刺奥利维做表面功夫，正打算反驳，杰克却自己抢答了："我觉得他是真的想帮那些人，但他根本不知道应该怎么做。"

我愣了一下，慢半拍地反驳道："起码奥利维在做，很多人连做的勇气都没有。"

"谢老师，你曾经教过我，我用同样的话来问你，光开药、不管后续治疗，病能好吗？

"就拿他被打断腿的这次来说吧，他付出了很大的代价，让警察知道了这件事，可是媒体知道吗？他的成绩不好，也没有接受采访，除了我们根本没人在讨论这个案子。甚至被他激怒的警察，可能还会去找那家人的麻烦。"

确实，我也想过奥利维举牌根本是没用的，但我不忍心说。事实上，我也悲观地认为，没有更好的办法了，那还劝他干什么呢？但杰克说，他是见过马拉松举牌成功影响事态的案例的。

他说，那些人会有不一样的操作，比如他们会针对性地在媒体较多的公益性比赛举牌；他们会把甲地发生的事情拿到乙地去说，利用双方互相监督。举牌这件事并不是全无可能的。

我不知不觉地坐直了。我很清楚，杰克这些建议是认真的。想起奥利维还心心念念要为那对被家暴的母子再战一次，我忍不住催促杰克："你把这些理论说给奥利维或者艾米莉了吗？"

杰克皱起了脸："他们太勇敢，也太犟了，不会听的，艾米莉现在完全在躲着我。"

我有些尴尬，后知后觉地想起来，面前这个人可是个"挖墙脚的人"。果然那句话说的是对的，世界上最了解你的人就是你的敌人，情敌同理。

我琢磨着能不能缓和一下这两个人的关系，但没等我有什么动作，网管火急火燎地找到我告状，说奥利维又要搞事情了。

网管听说，奥利维想组织大家集体抗议，要求给所有病房安上蚊帐。因为他发现医院的很多病人都感染了疟疾而自己没有，归根结底是因为艾米莉给他安排的内科双人病房有蚊帐。

他走访了儿科和外科病房，在搜集各个病房疟疾病人的数量和挂蚊帐的情况。过两天就会有国家卫生部的人下来考察，他想趁机组织大家集体抗议。“可艾米莉还在这个医院上班呢！”网管十分担心闹事影响妹妹的工作。

我问：“奥利维不是要跟艾米莉分手吗？”

网管长叹一口气：“我妹妹没同意啊！而且这么一闹，他俩感情反而更好了。”

站在一旁的杰克看起来不动声色，过了一个中午，他就打听到了更详细的情报：奥利维组织起来的人其实很少，主要是病人和清洁卫生人员，唯一的医务工作者就是艾米莉。而且他们训练口号的地方就在医院后院，离院长室很近。

杰克问：“谢老师，你觉得他们能成功吗？”

我苦笑着摇了摇头。非但不能成功，艾米莉也将成为“自杀式袭击”的一员。

当天一下班我就去找了艾米莉，希望她再考虑一下这件事。如果院长要秋后算账，她自己可能会失去工作，奥利维也可能会失去治疗的机会。

艾米莉义正词严地反驳了我：“我不能每次都躲在奥利维身后，看着他独自去做那些危险又正确的事。”

她甚至反过来指责我："这些问题本来就应该由更懂传染病的医生来反映，是你们选择了无视，我们是在承担你们该承担的责任。"

我无话可说。

我的心情很复杂。见过奥利维那个雨夜绝望的神情，我当然很乐意看到艾米莉坚定地站在他身边，但我又担心他俩一块儿在无用功中飞蛾扑火。

卫生部检查的日子很快就到了。我和其他队友一起，站在大厅里等待迎接领导。警察在门口拉了一个警戒线，艾米莉和奥利维一脸严肃地站在警戒线的另一边，张望着。人流涌动，拄着拐杖的奥利维被推得连连趔趄。

我站在队友身后，紧张极了，这要是打起来了，我能上去帮忙吗?

卫生部领导的车姗姗来迟，领导下车刚走近人群，口号声就响了起来。声音越来越大，在院长和领导握手时达到了高潮。

我听不懂他们在喊什么，但惊讶地发现，领导脸上并没有不悦的神色，警察也没有动作。

难道是因为这个领导人很随和?

我莫名其妙地看到院长把奥利维引了出来，在院长面前，大领导和奥利维握了握手，相视一笑。原以为要见血的闹事场面就这么结束了。

下午见到杰克，我带着嘲讽问他，是不是你杞人忧天了？

杰克看了我一眼，轻飘飘地说："看来你没有听懂，今天的口号早就变了，他们喊的是'感谢院长在疟疾高发时期前解决了病房蚊帐问题'。"

我恍然大悟，他们从批评改成了给院长戴高帽，院长肯定不会拒绝，为防露馅，还会在下次调查前真的把蚊帐落实下来。

我惊讶地看着杰克："你提的建议？"

杰克点了点头。

这对情敌什么时候变得这么友好的？

晚饭后，我特意去后院找了正在锻炼的奥利维，想问问他和杰克到底怎么回事。

盛夏的天黑得晚，我来的时候，奥利维正和坐在草地上晒太阳的病人们闲聊着。也许是今天大获全胜的原因，每个人脸上都洋溢着笑容，夕阳照在脸上像是打了粉底般的好看。

我调侃奥利维："你和艾米莉怎么样了？"

他支支吾吾："还在努力协调。"

他似乎不太愿意承认，或者说不敢相信，艾米莉真的愿意站在他身边。

我又问起这次抗议的事，奥利维说，其实他也没想过这次抗议真的会成功，他的原计划是先给院长一个下马威，等腿好了，他再去卫生部抗议。

这个方案一听就知道，除了胆子大以外一无是处。所以当杰克找到他们的时候，他们立刻意识到杰克的方案有道理。

“他是从对手的角度想的，还为后续可能发生的事情做了很多准备。说实话，我做的很多事都停留在了发声这一步，有的甚至都走不到发声这个阶段，没想到这次真的成功了。”奥利维的脸上难掩激动。

我很想问问他有没有听杰克的更多建议，现在对杰克的看法是什么样的，可奥利维回避了我的提问。

有一些改变已经发生了，但奥利维似乎还没有反应过来。

一周后，卫生部下发的蚊帐如期进了病房，病人们庆祝了好长时间，艾米莉和奥利维也在其中。他们紧紧拉着手，好像没有人能插进去。不知道杰克有没有看到这一幕。

几天后的一个早上，艾米莉匆匆忙忙地跑到我的诊室，上气不接下气地告诉我，杰克要被警察带走了，说着就把我一路拽到了病房。

不是奥利维要被警察带走了？我还以为艾米莉说错了，跑到病房后我才发现，他俩都在，两个警察正站在他们中间，手里拿着枪。奥利维一脸怒气地跟警察争执着，杰克则紧握着拳、低着头，似乎在发抖。

我意识到，这个一直为我们出谋划策的贵公子，似乎很难接受这种真刀真枪的场面。

艾米莉跟我解释说：“警察说杰克是小偷，还从他身上搜出了赃款。”

一个富家少爷怎么会偷东西？我还没弄明白，奥利维又叫了起来，艾米莉继续给我翻译：“奥利维说他才是小偷，让警察抓他。”

奥利维嘴里叽里咕噜地说着，就算我听不懂，也知道那大概是挑衅的话，警察的脸色越来越难看，真的掏出了手铐，同时抓住了奥利维的手腕。艾米莉顾不上我，就要上前阻拦。

杰克开口大声地说了一段话。艾米莉告诉我，杰克说警察是在下套，他之前见过他们这么干，有个病人明明没偷，警察硬说他偷了。

奥利维越发激动，我听不懂他在说什么，但能感觉到警察被他激怒了，事态在恶化。

我脑子一片空白，要拿出我中国医生的身份对抗警察吗？他们会听我们的吗？

这时奥利维喊了一句什么，病房里的病人一阵骚动。形势好像突然变了，有些病人站起来，挡在杰克身前，门外也有病人开始向这里探头探脑。

艾米莉看着他们，眼睛一下就红了。她擦着眼泪告诉我，奥利维说的是：“现在大家用上的这些蚊帐，就是这位医生要来的，同时他每天还要给大家看病，他会是小偷吗？你们真的要这么对待一位医生吗？”

之前的奥利维，只能用愤怒和绝望去战斗，只会和警察正面冲突，但这一次，他在用大家的支持和爱去战斗。

越来越多的人从门口涌进来，他们议论着，张望着，拉扯着。有人轻轻拉住了杰克，有人趁乱推了警察一把。议论声越来越大，两个警察左看右看，突然粗暴地推开人群，快步走出了病房。

人群反应了几秒钟，接着爆发出巨大的欢呼声。艾米莉和奥利维紧紧地拥抱在一起，杰克虚脱了一样坐倒在床上。

我把他们拉起来。先问奥利维：“你不怕被抓走吗？”

“不怕！”奥利维大声回答，“我不能让他们欺负杰克，他们就是为了勒索。”

我又转头问杰克：“你呢？竟然敢正面硬刚警察了？”

杰克声音发抖，结结巴巴地说：“我，我可以接受任何的不公平，但我不能看着保护我的人因我遭难。”

他想跟奥利维握手，奥利维一把拍掉了他的手，接着紧紧地拥抱住了他。

我故作糊涂地拍了拍艾米莉：“他俩不是情敌吗？”

艾米莉破涕为笑。她告诉我，其实她和杰克早就认识了，他们是创业时的朋友。但因为家里催婚，且不承认奥利维，杰克就答应给她当挡箭牌，也帮她刺激一下奥利维。

奥利维和她提出分手那次，两个人聊了很多。她说自己愿意和奥利维一起，对方最开始并不相信。但后来，连杰克也加入进来，告诉奥利维他做的是有意义的事。

从前奥利维只能一个人冲过终点线，但这次，他有了站在身边的艾米莉，也有了出谋划策的杰克。他也是第一次看到，自己的呼声真的得到回响，只要再等等，还可以有下一次更有效的行动。

两个月后，杰克完成了我院的实习，艾米莉也调到了卡杨闸的一所医院，只剩奥利维还在医院进行着康复。

2024 年 2 月初，奥利维来找我告别，他要出院了。

那天正好是国内的除夕夜，我正拿着手机看春晚。他好奇地看着，向我打听这是什么，那是什么，有些生涩的英语中，时不时冒出一两个完全“不属于他”的高级词汇。

他开始跟我聊两个国家的区别，问我关于经济、工作的问题。

我问奥利维，还要去替那对母子举牌吗？

他有条不紊地跟我分析：“我去问了那对母子，他们想要的不只是赔偿，那位母亲想要更多像她这样的人能脱离困境，所以我准备去参加埃塞俄比亚的大型比赛，那是公益性的比赛，有外国甚至全球媒体关注，在那里说出他们的问题，会有更有力量的人介入。”

要去有更多媒体的比赛，要让事情被“外面”的人知道，要明确受害者的需求，他学得很好。

至于现在，他要去找艾米莉。艾米莉为了逃婚躲到了卡杨闸，在那儿自己建了个工厂，用蕉树的枝叶、树干做环保袋，生意不错，很缺人手。

“谢医生，杰克让我告诉你，他也要去做一件他父亲不允许的大事，如果他成功了，会来告诉你。”

奥利维留下这句话，一瘸一拐地离开了。

直到今天，我还在等他们的消息。我记挂奥利维想要帮助的那对母子，还有艾米莉的特产工厂，也好奇杰克去了哪里，会成为什么样的人。

我不知道他们是否还保持联络，但我总觉得，总有一天，我们还会再见。

图书在版编目（CIP）数据

我在非洲当医生 / 谢无界著. -- 天津 : 天津科技翻译出版有限公司, 2025. 8. -- ISBN 978-7-5433-4749-6

Ⅰ. I25

中国国家版本馆CIP数据核字第20256AW712号

我在非洲当医生

WO ZAI FEIZHOU DANG YISHENG

出　　版：天津科技翻译出版有限公司
出 版 人：方　艳
地　　址：天津市和平区西康路35号
邮政编码：300051
电　　话：（022）87894896
传　　真：（022）87893237
网　　址：www.tsttpc.com
印　　刷：天津睿和印艺科技有限公司
发　　行：全国新华书店
版本记录：880mm×1230mm　32开本　7.5印张　150千字
2025年8月第1版　2025年8月第1次印刷
定价：59.80元